ネムレ！

フランダースの声

アンネリース・ヴェルベーケ
井内千紗 訳

松籟社

Slaap!
Annelies Verbeke
Chisa Inouchi

ネムレ！

SLAAP!

by

Annelies Verbeke

First published by Uitgeverij De Geus

Published by special arrangement with Uitgeverij De Geus in conjunction with their duly appointed agent 2 Seas Literary Agency and co-agent Japan UNI Agency, Inc., Tokyo

This book was published with the support of Flanders Literature (www.flandersliterature.be) and Arts Flanders Japan (www.flanders.jp).

FLANDERS LITERATURE ARTSFLANDERS Japan

Translated from Dutch by Chisa Inouchi

教えてやる
誰から逃げているのか
目覚めの
感覚
やつはもういない

ティンダースティックス「ア・ナイト・イン」

私の夜は昼より長い。夜はひとりだから。レムコを見ると、そばでいびきをかいていた。彼は私が心と身体のバランスを保つための頼みの綱だったのに、眠ることができて、まったくちがう世界にいる。私のあたたかい身体の中から夢の国へと、そのまますり抜けていってしまった。私はその夢の国がどんなところだったか、あまり思い出せなくなっている。

不眠症になって最初の数週間、いろんな医者や友人に相談した。そして彼らの助言に忠実にしたがった。寝る前のジョギング、はちみつ入りのホットミルク、呼吸法の習得、アルパゾラム[*1]一錠、アルパゾラム五錠、マリファナで一服、ワイン一本、山積みの本。

でも夜になると身体が私を苦しめ、神経がはりつめるのを感じる。昼間とはうって変わり、

＊1　睡眠障害や不安障害、うつなどの症状に処方される薬。神経細胞の活動を抑制する効果がある。

あたまがクリアになる。考えがどんどん思い浮かび、その流れにのるしかない。たいてい良い調子で始まり、見当ちがいな人生観や自己憐憫《じこれんびん》の情にかられて終わる。将来の見通しには目をつぶっていい、とか。恋愛関係が永続するわけない、とか。子どもはお断り。職には困ってない。学位、ユーモア、才能があるし、秘密や悩みだってある、とか。本当に愛せる人なんているか？　もう何年も自分を見つめてばかりいる。意固地で怒ってばかりじゃない？とか。

朝が近づき、まれに眠りと目覚めの狭間にしずみかけることもある。でも、夢の国にはまだほど遠かった。

どんなつらい病気にも、記録ビデオというやつが存在する。レムコは、半年眠らなかった校長先生、ロジャーさんという人の話に、私が向き合う必要があると考えた。その家族はつぶさに事の様子を記録していた。最初は夜眠れずに落ち着かない程度だったのが、しまいに病院で目を見開いた状態に転じていく。医師たちはお手上げ状態。彼らは何日にもわたる診察の結果、ロジャーさんはオフにできないスイッチのような状態だと説明した。そして彼に尋常でない量の睡眠薬を投与した。牛の群れを倒せるほどの量を。しかし、ロジャーさんのスイッチはオンのまま。頭の中の牛がうめき声をあげ、口からはおしっこのようによだれが垂れていた。彼の死は、享受するに足る平穏を意味する、という事実には、誰もがうなずけた。

ビデオを見て、私たちはことばを失った。レムコは懐《ふところ》においた私の手のひらに目をうずめ、ももをなでた。私はその当時の日々もろもろの所作と同様、彼の髪を機械的になでた。

「今夜は何時間？」と、彼は声をつまらせながら聞いてきた。

「四時間」とうそをついた。本当は一時間。悪気のないうそをつくと、笑いが止まらなくなる。最初の頃は、レムコも一緒に笑ってくれていた。少なくとも私が笑ってご機嫌ならば、それで良いと思っていた。今となっては、彼はただ、私の制御不能なけいれんを聞くだけだ。私の硬い涙をながめている。それを知覚しても、理解しない。私にも理解できないが、それこそおかしいと思える。それならこれはどうだ。七転び八転び。街中で小人がミニバナナの皮で足をすべらせた。掃除のバイト中に、ビジネスマンがバケツ水に足をつっこんだ。そりゃおかしい。

「そりゃおかしい」と私は言い、一晩中、そのことばを繰り返していた。レムコはすすり泣きつづけ、しまいに眠ってしまった。深夜まで、とっくにあと五分を切っていた。さっさとナイトライフに繰り出すことにした。


私はいきものを求めて暗い街中、力いっぱい自転車をこいだ。朝三時。空っぽの広場、真っ暗な路地のあちこちに、起きているハトがいた。この動物は街灯が導入されてからというもの、困惑している。ハトの首というのは、簡単に折れるものなのだろうか？　そんなことない。しぶといやつだ、空飛ぶねずみ。

当然、時には人も見かける。街は眠らない、ということだ。こんなこと言いたくないが、あの人たちは仲間とは言えない。すでに夜寝て起きてきたか、少なくとも仮眠をとった人たち。そうでなくてもこれから眠る。ゲス野郎。手本を見せてやる。

私の怒りは夜更かしや早起きの人にだけ向けられていたわけではない。たまに見かける灯りのともる窓の主に対しても。例えば娼婦のいる窓にも。ところで、娼婦はいつ眠るのか。そんな疑問が頭から離れなくなった。私は飾り窓の通りまで自転車をこいでいって、手で押しながら通りを抜けた。女の多くは、私の登場をあまり喜んではいないようだった。数人が誇らしげに、同時に哀れみのまなざしを私に向けていた。まさか中に入ってこないでしょ、と言いたげだ。入るの？　入らないの？

私は肌が青白く、ふくよかな女の立つガラス檻《おり》の前で立ち止まった。彼女が身にまとう蛍光色のトップスは丸いからだに不釣り合いで、自信なさげに黒いゴム製のスカートをはいていた。そしてあれはまちがいなくカツラ。あんなに髪の多い人、見たことがない。女は汚れた海の色の目を、私に向かってつき出していた。私の寝不足な脳はいたずらに見返し、窓をたたいた。助けて、今すぐ助けて。狩人に撃ち殺されてしまうわ。

彼女は私を狭い扉から招き入れ、空気のこもった部屋へと通した。何もかもピンクだ。陶器の置物からベッドのそばに置かれた淫具まで。そしてそのベッドですら、ピンク。そこで眠るというのか？

「ちょっとおたずねしたいのですが」と私は言った。

彼女は無理やり笑みをうかべ、つけまつげでつき出た目の中の不安を隠そうとした。

「ワカラナイ、ココキタトコネ」

「いつ眠ってるの？」

あまり長居はしたくない。遠回りしてる余裕も、同情してる余裕もない。

「ネムル？」彼女は小さくモグラのような手をあごに寄せ、目を閉じ口をつき出した。

「ネムラナイ、オネエサン、ヤルダケヨ」

あいつはうそつきだ。何のためにここに来た。娼婦は眠らないかもしれないなんて、浅はかだった。誰だって眠る。睡眠は心を晴らし、傷をいやす。睡眠は現在と過去、金持ちと貧乏人、男と女、人間と動物をつなぐ。みんな、誰しも。私以外の。

夜の徘徊をはじめた頃から、暗闇のなか、ふかふかのベッドで目を閉じて網膜の内側、魂の裏側を見ている何千、何百万もの男、女、子供たちをのろってやろうと決めていた。そうすれば彼らは朝、起きるのがつらくなる。台所のイスや便器にすわってうとうとするだろう。朝、彼らは機嫌が悪いだろうが、私からすれば文句をつける理由があるのだから、こののろいも許される。

私は最後の一服をし、タバコを下水管にポイと捨てた。ワンダーウーマンのお出ましだ。アパートの廊下に続く扉は音がしない。ベルのある空間は灯りが照らされ、ブーンブーンと鈍い音を放っていた。私は郵便受けの表札を見た。ぴったり貼ってあるのもあれば、ちゃんとついてないのもある。デバーレ、ヴァン・キーレヘム、デ・ワフター、ゾルダナ、アヒーブ、ウォン、デ・ヒーター[*1]。最後の三つの名前の字面を見ると、おかしくて腹がよじれそうだ。アヒーブさんにはくじ引きで当たったじょうろ《ウォン・デ・ヒーター》がある（アハハ、おもしろいかと思ったけど、そうでもないか）。アヒーブさんの家にはそもそも植物がないから、じょうろの使い道がない（アハハハ、そろそろやめよ）。かわいそうなアヒーブさん、しょうもないものを当ててしまった（もうやめ!!）。笑い声が二枚のガラス扉に挟まれて反響した。私は笑いをこらえながら、ベルの前に陣取った。アヒーブから始めることにした。ベルを鳴らし、インターホンに耳を寄せた。しばらく待った。よかろう。この世界に引きこまれるがいい。これが現実！

「はい？」

不審がる女の声がした。不安をあおってやろうと思い、私は無言でいた。

「はい？　どちらさま？」

人はなぜ、こんなにも陳腐なことを言う。

長い静寂。受話器をおいて下におりてきているのか。

「あの、なんでこんな時間に起こされなきゃならないの？　夜眠らないといけないのに！」

眠気眼《ねむけまなこ》なせいで、本気で叫べないようだった。目的達成。私はこっそりと外に出て、我が鉄の愛馬にまたがり消え去った。夜は私だけのものだ。夜は私しか求めてない。


昼間、私はきちんと状況を説明することができていた。昼間、私は狂気を封じこめていた。昼間、私はみんなを安心させていた。母は「はちみつ入りのミルクはどう」と言い、ため息をついた。自分の方がもっと大きな問題を抱えていると思っていた。

「いいマッサージを受ければ眠りにつけるよ」と、すすめる友人もいた。長年その筋で培った技を証明したいだけだった。

「精神科医に見てもらえば」とレムコは言った。唯一、私の夜の逃避行を察知していた。

＊1　ウォン（Won）は、「勝つ、手に入れる」を意味する動詞 winnen の過去形と同じつづり。デ・ヒーター（De Gieter）は「じょうろ」を意味する語と同一。

最初は、その提案を検討してもいいと思った。彼の目に映る自分を見ると、もう他に打つ手がないのは明白だった。私は問題を抱えていた。昼間、意識がはっきりしていても、夜になるとレムコの目は閉じ、私は自分を見ることができなくなっていた。

レムコは何人かの精神科医に電話をかけ、具体的な質問をしては費用を比較していた。私はソファから彼に向かってウインクし、けだるいそぶりをしてみせた。彼はほほえみ返した。

「よさそうな先生を見つけた。甘い声の女医さんだ。明日な」

私はうなずいて彼を腕に抱き寄せた。

「ここで？　それとも上で？」いとしい愛しの人は言った。そういえば彼はここのところ、寝室と言わなくなっていた。タブーは知らぬ間にうまれていた。

私は彼の手を引き、完璧なマットレスとウッドスプリングのついたベッドへといざなった。私たちは互いをもとめ合い、彼は私を愛しているとささやいた。彼の愛撫がここ数週間のうちで、一番心地よく感じられた。心臓と心臓がぴったりとくっついた。彼が絶頂に達したとき、私も絶頂に達した。でも二人の恍惚《こうこつ》が完璧にシンクロしている最中、わかってしまった。それが彼の身体を眠りへといざなう、ということが。一輪のバラのように眠るだろう、ということが。そんなの見てられないだろう、ということが。

「なんとかなるって。おめめを閉じて、おねむり」といいながら、うとうとしていた。そして、ころっと眠りに落ちた。私は、自分でもおそろしくなるようなうなり声で叫び、レムコを起こした。どういうこと？　こんな時間に眠れるって？　私がどんなに眠りたいか、わかってないの？　とにかく眠れない。全然だめなの。夜もだめ。何時間も眠る人たちをながめてなきゃいけないのよ。私がなんで夜の逃避行をしてると思う？　ちっとも楽しくないのに！　なあに、やつあたりするなって？　他人は勘弁してやれって？　助けが必要？　深刻そうじゃないかって？　だからちゃんと向き合えって？　じゃあ、さっき言ってた甘い声の精神科医の話はもうけっこう。ここも出てったら？　もういいわ。あれ、どこ行くの？　そのかばんでどこへ？　ちょっとどうしたの、本気じゃないでしょ？　すぐに戻ってよ！　ねえ、おねがい。

翌日から、私はあらゆる自己記録を更新することとなった。七十二時間のうち、辛うじて二時間しか眠れなかった。その間、四十八人を起こした。三時間、庭で同じ歌を、オリジナルの歌詞のままで歌い続けた。「ねむりの妖精さんよ　夢の女をつれてきて／肌は桃やクリームの色／唇はバラとクローバーみたいな／そして僕にひとりの夜はもうオシマイとおしえて！」＊1

＊1　アメリカのヴォーカルグループ・フォー・エイセズが歌う一九五四年発売のヒット曲「ミスター・サンドマン」の歌詞。

右隣の住人は警察を呼び、左隣の住人は救急車を呼んだ。私は警官と看護師に飲み物をふるまい、迷惑をかけたことをわびた。プロのオペラ歌手なもので。豪華客船の。そう、家にいないことが多いんですよ。なかなかご近所さんにめぐまれなくて。たしかに、昼間だったらそんなにご迷惑をおかけすることもないですよね。お約束します。ああ、おたくの奥様もオペラ好きなんですか。すばらしい。いいや、もう大丈夫です。ありがとうございます。そしておやすみなさい。

その晩はウォンの番。動詞の過去形の名をもつ、怒れるアジア人は――背後の騒音から察するに――大家族。応答したのは眠そうな奥さんの方だった。しかしすぐにだんなが彼女の手から受話器をひったくり、こう叫んだ。「一銭も払わんからな！」

誰もが難なく眠れるわけではないようだ。そう思えば、暗闇の静寂の中、自転車でつき進みながら、楽しい気分にも近づけそうだった。

でも、私は疲れていた。死ぬほど疲れていた。生きるのに疲れていた。ただし、橋のところである青年のために天使役を演じていた時は別だった。

その晩、芝居に入る前、パブを三軒はしごしていたが店主から次々ともう寝る時間だ、と言われ、お返しに罵声《ばせい》を浴びせていた。その後、自転車が盗まれたのに気づき、新しい自転車をもとめてあてもなくさまよっていた。

ぶつくさ文句を言いながら、橋を斜め方向にわたっていると、背中に「シャブは身を滅ぼす《スピード・キルズ》」と書かれた袖なしジャケットの男が、横目に見えてきた。手から血が出るほどさびた欄干《らんかん》をたたき、鼻水と涙を垂れていた。

「もう死んでやる」と、のどの奥からしぼり出てきた声を、私はキャッチした（哀れな愚かもの。そんな時間も、そんな気もないくせに）。私は前に進んだ、四歩先まで（わたしは・なにかを・しないと・いけない）。そして振り返った。

「どうしたの？」

「あいつはアバズレだ！」

「どうして？」

「あいつはだれにでも脱ぎやがる！」

「そうなんだ」

顔を手で覆い、男は泣きはじめた。精神障害を抱えた妖精トロールのように。夜人間《よるにんげん》にあまりしあわせ者はいない。しばらくたつと、まるで貴族階級の地主のような顔つきで、私の方を見た。ジャケットに書いてあるスローガンは正しいだろ、と目はうったえていた。

私は手を差し出した。彼はためらいながらも、しっかりと手を握り返してきた。

「エンジェルよ」と私は言った。邪悪な天使の方のヘビではあるが。

「カルロスだ」と彼は言った。私の架空の名前をめぐるシンボリズムなど、おかまいなしだ。

そして彼に素朴な質問をしてみた。

「袋に入ってるのは？」橋の欄干にもたせかけてある、中身がいっぱいのゴミ袋を指さした。

「あいつの服さ」

そう言うと中身を川にばらまいた。二人でそれを観察した。黒い鏡のような川面に、シルクやらレースやらがまざったものがひろがった。ごみや流木とたわむれながら。そして蛇のごとく、すっと海の方へと消えていった。荘重な静寂に戻る前、川にはため息の波紋が三つひろがった。それが私にとってどういう意味があるのかなんて、彼にわかるはずもなかった。私にしか感じることができない。感動。駆けゆく若い馬の皮膚から気化する汗。赤ん坊の足を洗ったばかりの露のしずく。朝日に照らされた砂。渇望。

私は手の甲に涙が跳ねたのを見て、はっとした。そして詩人の王、カルロスの方を見た。男はもういなかった。きっと眠りに行ったのだ。眠ればいやされる。


テレビで宣伝しているトリップTRIP（完全にリラックスしてTotal Relax／内面から前向きにInner Positivity）コースは、そんなできごとよりも期待がもてそうだった。ピンクのレオタードを着た金髪女シンシア——自称、せかせかと人生を歩む女——は、日々の心配事を夜に持ちこまなくなった話を、自慢げに披露していた。たしかにそれは大事だ。彼女には不眠の意味がわかっているようだった。

「秘訣は、日本式の格言とケニア式のダンスのユニークな共存なんです。トリップで、私は睡眠とは何かを学びました。トリップは、私を救ってくれました」

そしてシンシアは押しの強い男みたいな声で、アメリカ人らしくこういった。「トリップのビデオを注文したけりゃっ、国旗マークのとなりに表示の電話番号からどーぞっ」

そう言うと、彼女は無音のまま数秒間口を動かし、同情的なウインクをした。ゆかいな女だった。もうこれを見るのも十七回目だが、まだ笑えた。

「あなたのおとも、ショップチャンネルです」ちょっとは催眠状態になれるかもと期待して、そんな番組を夜な夜ながめていた。おなじみのものばかりだった。年越しパーティーで大活躍するという、ゆで卵をつくるコードレスロボット（カット・アンド・ボイル二〇〇二）も、奥様が延々嘆いているペンキの跳ねから卒業できるという、スプレーガン用のプラスチック製ノズル（ギャラクシー・スポット・コントロール）も、とってもかわいらしい色んな種類の指ぬきが四十二個もついてくるという、カブトムシ型のコフレ（カブトムシボックス・ユートピア・ミックス版）も。

そういうわけで、二人の距離を近づけてやった。シンシアと契約を結んだのだ。今晩眠れるというのならば、試してみようと思った。そして少なくとも近所にトリップセンターなるものがあるというのなら、冷やかしに行ってやろうと。

私は一時間半のあいだ目を閉じ、開いてみた。何とも言えない。シンシアの声は聞こえなかったが、猫が私の腕の中にしのびよってきたことや、外で雨が降り始めたのはわかった。

「トリップは、私を救ってくれました」

彼女もまだ起きていた。

「完全にリラックスして、内面から前向きに」

なるほど、武士に二言なし、ということか。

「木々ねむり
鳥巣でねむり
君ねむる」

もうこの俳句めいたものも九句目だったが、その頃には聞き手は私ひとりになっていた。わき毛がおそろしく長いセラピスト、自称ミリアムママはひざまずき、私のとなりに座っていた。うまくいかないのは私だけ。他の人たちは——悩める若者たちも、暇をもてあました早期退職者たちも——冷たい公民館の床に寝転んで、はじらいもなくいびきをかいていた。壁にかかるブロンズの十字架を見て、私のいら立ちはつのるばかりだった。

そのコースの冒頭三十分は、「〈心の奥底〉の解放」に焦点が当てられていた。他の人たちの恥をかき捨てた熱心さに困惑しつつ、私も同じ道をたどることにした。忘れられない道を。

この訓練では、最初の五分間、意識的に過呼吸をし、そのあとすぐに前転する。その際、人生の大事な局面を台無しにした人物の名前を叫ぶことになっていた。

「テオ！」と太った中年主婦、イレーネは献身的に叫んだ。彼女は自分のレールをはみ出て転がっていき、皮肉にもテオという名の細身の男にぶつかり、鎖骨を思い切り蹴って粉砕骨折させてしまった。互いに、なぐさめようもない。

吹き出しそうになったが、しかめ面の人たちを前にして、ぐっとこらえ泣き面でごまかした。空気を読めばそうなる。私は息絶える直前に人生が走馬灯のように駆けめぐる、ハリウッド映画のヒーローのようだった。もちろん本当に瀕死状態なのではない。とはいえ、レムコは私を見捨てていなくなってしまった。駆けめぐる思い出の中では、私たちは愛し合い、外国のビーチを歩いたり、外食したりしていた。思い出の中の彼は、現実よりもルックスが良くて献身的だ。そんなことを考えていると、涙があふれ出てきた。ミリアムママは喜んだ。おおげさに私を抱きしめた。私は彼女のわきと息の両方から来るにおいをふさぐのに、必死だった。
彼女が地べたでとなりに座り、私は追い打ちをかけてくるにおいを防御しないといけなかった。目に映るいら立ちを間延びした声で隠そうとしたのか、彼女は一句詠んだ。

「ワシは飛ぶ
夜の静けさを
山休む」

では、白いシーツにくるまって、自分のすべての魅力を永遠に追い出してしまいましょう、なんて、どういう発想？　もっとおもしろい疑問が——こんなところで何してる？——身体を起こし、ミリアムママを見た。彼女の眼差しにひそむ高慢な冷静さは、私の〈心の奥底〉をつき動かした。

「いいかげん
バカはやめて
歯みがけば」

その晩はデ・ヒーターの番。獲物の血のにおいをかぎつけるライオンのように、犠牲者のぬぼっとした声を聞くのが楽しみだった。頭のなかはもうほとんど空っぽ。いや、すでに空っぽかもしれなかった。怒り狂った女だけが人の睡眠を許せず、しあわせを願えない。自分にないものだから。

昼間、私は夜の狩りに恥じらいを感じていた。しかし夜になると、驚くほど自分の気持ちが勝手に動いた。「マエニ！」と脳神経が私の腕に信号を送る。そして「ベルヲオセ！」と指に指令が伝わる。

一つの指令がとんでもないことをしでかすこともある。葬式で大笑いしたり。野菜を切るのにわざとナイフで指を切ったり。生まれたての子猫の身体の上に足を置いて踏んづけたり。実際行動に移すわけではないが、私はデ・ヒーター宅のベルを押したとき、そんなことを考えていた。

どうやら、私はひとりではなかったようだ。男はインターホンの受話器に手をかけて待ちかまえていたかのように、とっさに私の呼びかけに反応した。そのなじみのある、鈍い明るさを持つ声に、私は息を呑んだ。夜の帝国拡大をもくろんでいたら、この建物の上の階に、二人目の救われぬ夜の騎士が住んでいた。私とおなじ、不眠症の。

「ああ、やっと来てくれた。ちょっと待って。今行くから」

ただ、そう言った。心のブレーキが止まらない、眠れないという期待で、私はその場に立ちつくした。

ぼくは母がコックだと思っていた。そう思わせるすべてがそろっていた。買い出し係のフランソワ、腹が痛いとうめき声をあげるおじさんたち、そしてもちろん、あの小さな顔。チコリとマヨネーズの髪の毛、ジャガイモの鼻、二つの目玉焼きがならぶ目、トマトの口でできた顔。その下には、大概グリンピースでぼくの名前「ブノワ」の字面がならぶ。苗字の「デ・ヒーター」を作るスペースはなかったが、その必要はない。母からそう呼ばれることもないのだから。

母はぼくに背を向け、調理台に立っていた。ぼくはよく動くひじ、ハイヒールの小刻みなステップ、真っ赤に輝くワンピースに巻きついたエプロンのリボンを目で追っていた。

母はきれいな人だった。いつも食べ物と香水の香りを漂わせていた。夜、ぼくはそばで横になると、母の顔にかかる髪を耳の後ろに引っかけて、呼吸する様子を観察した。ブラッケ先生は月そのものは光らない、太陽の光に反射して光っているように見える、と言っていた。それは間違っていた。寝室の窓から差しこむ月光は、母を照らしていた。上下にうねる半分あらわな胸元、眉間のしわ、そして眠りながらぼくを抱きしめる時、後頭部に押しつける唇を。

母が調理台からぼくの方をふり返ると、ぼくは例のアレができたことを察知した。ぼくに作ってくれるあの顔だ。下に名前が書いてあるやつ。でも、いつもぼくの方が先に母を見た。笑顔の上にしたたる汗、そして眼を。

初めて母の眼の中に光を見たのは、リビングにある茶色い木のテーブルにすわっていた時のことだった。母は食べ過ぎたおじさんと、寝室から出てきた。同じクラスにいるウィリーのお父さんだった。彼はぼくを無視して、そそくさとアパートの玄関へと駆けていった。

ぼくは母の手ににぎられたお金に、気を留めていなかった。「まあ払ってくれるなら」と、フランソワが言うのを聞いたことがあった。フランソワは二メートル以上はあるから、何でもお見通しなのだ。ぼくは童謡「ヤン君はプラムが木になっているのを見た」の書き写しに集中した。物語に出てくる男の子が、お父さんから実をつむのを禁止されている様子に、心から同情していた。うちは父親がいなくて良かった。

だれかがぼくの肩をポンとたたき、左を向いたがだれもいない。母が右側に立って笑っていた。温かい手をぼくの頬にあて、おでこにキスをした。何時間も見つめあっていたような気がする。熱が身体の芯までしみわたった。そしてぼくは、母の瞳に何か光るものを見た。決して忘れることのできない光だと、その時ぼくは感じた。

もうすぐ秋だったが、それでもぼくたちは海に出かけた。母は「うちの海」と呼んだが、それは海のすぐそばに住んでいて、ぼくたち以外、そんなに海に行く人がいないからだった。母はめったに泳がなかった。ぼくの服をしっかりにぎって、ぼくが波に打ちかつたびに笑っていた。

七回目の誕生日、母からシュノーケルとゴーグルをプレゼントされた。口が塩水でいっぱいになり、ぼくは力いっぱい息を吹きこんだ。ゴムのマウスピースを吐き出し、叫んだ。「ぼくはクジラ!」母は手を振っていた。ぼくの声が聞こえた? ぼくは、めいっぱい平泳ぎして見せた。

冷たい風が逆立つうなじの毛にそよぎ、ぼくはジャンプしながら低い波を足でたたきつけた。母はぼくの腕を抱えて宙にまわした。ぼくは脚でウエストをつかみ、頭を後ろにそらした。うちの海、砂、カジノ、遊歩道、太陽、うちの海、犬を連れた男の人、桟橋、砂、うちの海。ぼくは飛んでいた。二人で歯を見せあって笑った。すると母が今度はぼくをそばに引き寄せて、頬をすり寄せた。タンゴの時間だ。「ラン・タン・タン・タン・タン」と母は歌った。ぼくたちは前につき出した腕の方を真剣に見つめるふりをした。ぼくの腕は、母の腕を正しい方向に引っぱった。母は力強く三歩進んだ。その後は互いにじっと見つめ合わなければならず、母はこう言う。「タダダダーダ」これが母のやり方だった。子犬のようにぼくの鼻をなめると、再び頬をすり寄せた。ぼくは母の耳に息を吹きかけた。

陽はしずんで灰色の海に溶けこみ、金色の池があらわれた。母はぼくの髪に付着した塩をこすり取った。ぼくはシャツを絞り直した。片そでの方が長くなっているのが気になったからだ。母はぼくの靴ひもを結んだ。

「長ズボンの方がよかったね」と母は言った。

でも母が遊歩道で男と話し始めると、ぼくはついにカゼを引いてしまった。男が何かささやいていた。ぼくは母の耳に息を吹きかけませんように、と願っていた。まださささやいていた。たぶんあの人は病気だ。母もささやいていた。奇妙だ。難聴の逆で、ささいな音でもうるさ過ぎると感じてしまう人なのか。

ぼくはイギリスの方角を向いて誇らしげに海を漂うカモメを見た。ここはカモメの海でもある。カモメは、ぼくたちやカモメの餌食にならない魚と海を共有している。そんなことかまわない。問題はあの病人。どっか行ってくれ。母の心配そうなまなざしが、ぼくから逸《そ》れることはなかった。母はその男にほほえんだ。でも、あんなもの、ただのあいそ笑いだ。

その晩、今度はぼくが病人になる番だった。母はぼくをベッドに運びこむと、ぼくの口から取り出した体温計を見て、眼を丸くした。

「四十度！」と叫ぶと、母は台所にすっ飛んでいった。

ブラッケ先生から、この地域が四十度に達することはないが、ギリシア、オーストラリア、モロッコではよくあること、と教わった。母が飛んで戻ってくると、自分がオーストラリア人みたいに見えるか聞いてみた。母はほほえみ、ぼくにそんなこと心配しなくていいわよ、と念を押すと、お湯の入った湯たんぽを足元に入れた。

ぼくは目を閉じ、うちの海の波に乗るクジラの背中によじ登った。クジラは頭と背中の間にある穴から声を出して、ぼくに話しかけてきた。身体の大きさに反して、驚くほど高い声だった。

「私はフレーデリク。あなたをモロッコにつれていってあげよう」

ぼくはうなずいた。

「あなたがうなずいたって、どうにもならない。私の提案についてどう思う？」

クジラを侮《あなど》ってはいけない。

「すみません、フレーデリクさん。ぜひ、モロッコに行ってみたいです」

「別の海に行くってことはわかってるね？」

ぼくはよく考えてみた。ブラッケ先生が別の海の話をしてくれたことがある。ただ、何についてだったかは、思い出せずにいた。

「お母さんも一緒に?」

「いいや」

「じゃあぼくを帰して。フレーデリク」

「まさか」

振り返ると、母が浜辺で手を振っていた。ぼくはフレーデリクのすべすべの脇腹を滑り、着水した。怖くなかった。クジラから岸まで、半分の距離は確実に泳げていた。母はもうぼくを迎えにきていた。


「もうけの半分はやる、でも、ブノワにかまうんじゃない」

扉のすきまから見えたのは、メラメラと燃える母の眼だった。ワインを一気飲みした。テーブルでフランソワは母に向かい合ってすわり、靴のつま先で床のタイルをはがしながらこう言った。

「レア、おまえ三週間も働いてないいんだぞ」

「フランソワ、ブノワが病気なのよ。前借りさせてくれない?」

「ブノワはうちに泊まればいい」

延々と沈黙が続くなか、母はフランソワを見て見ぬふりをした。手は震えていた。グラスを再び酒で満たした。まだ熱っぽさを感じながら、ぼくの体温、母のお金とフランソワの関係を探ってみた。確かに、食べすぎのおじさんたちの姿を、しばらく見かけてなかった。どうしてあの人たちは厨房で食べなかったんだろうか、ゆっくりと、量を減らして食べればいいのに。そうすれば、胃が痛いと言ってベッドでうめき声をあげなくて済むのに。

ある強い信念が、あらゆる論理を邪魔《じゃま》した。ぼくはフランソワの家に泊まりたくなかった。他のおじさんたちと違って、フランソワはぼくに対して、特別な関心を示していた。何より彼にはぼくを男にしてやりたい、という欲があった。ぼくを狩りに連れ出して、指を引き金にあてさせたこともある。銃撃で肩がびりっとした。仕留められ、けいれんしてるノウサギを見せられる前に、ぼくはもう泣いていた。一目散に逃げたが、フランソワの方が速かった。片手でぼくを持ち上げ、面と向き合わせた。

「おまえは母さんみたいなニオイをしてるが、野蛮さではあいつの半分にも及ばないな」とフランソワは言うと、大声で笑った。

今度はフランソワがだまって母に面と向き合う番だった。そしてようやくつぶやいた。「飲む量を減らせよ」

「ひと息つきたい、フランソワ。ひと息。それだけでいいの」母はとても機嫌が悪かった。指を広げるしぐさで、それがわかる。

「休暇手当が欲しいだと？」フランソワは嘲笑った。「おまえが選んだ道だろ。忘れたのかよ」

「選んだって！」母は吹き出し、グラスの中身をフランソワの顔にぶちまけた。フランソワは母の手首をつかみ、引っぱった。

ぼくは寝室の暗闇に後ずさりしてから、ゆっくりと扉を押し開けた。蝶番《ちょうつがい》のきしむ音が、二人に少し間を与えた。ぼくはほほえみながらまばたきをして、もう良くなったよ、と言った。


スタンは、学校で唯一友達と呼べるやつだった。学校初日から席は隣同士だった。彼は何も言わず、ぼくが彼の方を見るそぶりをすると、そっぽを向いた。二日目、ノートの上にビー玉が転がってきた。ビー玉をつかみ、見つめると、ビー玉はぼくを見つめ返してきた。スタンはぼくの手からビー玉をうばい取ると、空っぽになった眼窩《がんか》にはめた。ぼくは母にだけこの話をした。三日目、スタンからビー玉遊びに誘われた。

風変わりな双子が教室の前に立ち、農家の父親のことを自慢げにペチャクチャと話していた。ブラッケ先生は、きれいなフランダースのことばでは、「トラクトゥール」ではなくて

「トラクター」と言うんだよ、と指摘した。兄弟はその指摘を一切受け入れなかった。二人だと怖いもの知らずだ。ベルが鳴ると、彼らはさすがにだまった。

「ブノワ・デ・ヒーター」ざわつく教室のなか、ブラッケ先生の声がした。指で、ぼくにデスクまで来るよう合図した。ぼくは先生のデスクに向かった。スタンは扉のそばでうろうろしていた。

「デ・ヒーター君。病気だったけど、君にも明日発表してもらいたい。連絡帳に書きなさい。〈発表・コロン・父の職業〉と」

ぼくはできませんと答えた。

「おまえ、口答えするのか。私のクラスにいる限り、い・う・こ・と・を・き・け！」

「でも先生、お父さんがいないんだよ！」そう言って、スタンは扉の側柱の後ろに自分の憤りを隠した。

ブラッケ先生は数秒間、ペンを熱心にいじくり回した。

「お母さんはいるかい？」

「はい、先生」

「働いてる？」

「はい、先生」

「じゃあ問題ない。明日までに、〈母の職業〉だ」

安心したのか、先生はいじくっていたペンを他のペンと一緒のところにもどした。ぼくは扉に向かいながら、スタンの健康な方の目が、なぜそんなにもやさしい眼差しを向けるのか、不思議に思った。


「母の職業」と、ぼくは一番きれいな字で書いた。そして赤ペンでビシッと下線を引いた。インクが濡れている箇所には、慎重に吸い取り紙をのせた。

きちんと書いたところで、自分の疑問を押しやることはできなかった。ブラッケ先生とぼくだけが知らない秘密なんて、あるのだろうか。フランソワのけたたましい笑い声、スタンの詮索好きな目、他のみんなのなんとなく「おまえとは遊んじゃいけない」的な雰囲気？　この謎のぼんやりとした核心は、母へと向かっていた。すべては、母に向かっていた。

「お母さんの仕事って、本当は何？」

母は持っていた蒸したての芽キャベツの入ったボウルを、危うく落としかけた。眼は泳ぎ、おどおどしながらぼくを見た。

「お母さんの職業について書かないといけないんだ」と、ノートを指さした。

「おまえの母さんは、この世で最古の職業についてるのさ」ぼくたちはフランソワが部屋に入ってきたのに気づいていなかった。母はフランソワに捕えられた獲物のような眼つきで彼を見て、ぼくの方を見た。何も聞くんじゃなかった。

「何の仕事だと思う？」モールス信号の光が、メッセージを送ってきた。母を助けないと。

「コックさんでしょ」

母はゆっくりとうなずいた。フランソワの目は、急に母と同じくらい大きく見開いた。そして分厚い唇を大きく広げて歯を見せ、ニヤリと笑った。そして大きな手で膝をたたいて爆笑した。ぼくの頭は重くなったが、何とかしのぐしかなかった。

「すごい特殊なコックさんなんだ」と高い声で叫んだ。「おじさん専用のね。料理が上手なもんだから、たくさん食べ過ぎて、うちのベッドで横になってしまうんだ。そしておなかが痛いせいで、うめき声をあげて寝こんでしまうんだ！」

フランソワはだまりこんだ。ぼくに対する食い入るような優しい眼差しのせいで、突然、ぼくはこの上ない絶望の中に落ちこんだ。大げさにやるしかなかった。ぼくは痛みを感じられるよう、手でお腹をぎゅっとつねった。おちょぼ口で、よく聞こえてくる男のうめき声をまねて見せた。母が手でぼくの口をおさえるまで。

「そんなによく知ってるなら、何でわざわざ聞いてきたの？　うちの小さなアインシュタインさんは」

耳元には母の声、ぼくの濡れた頬には母の巻き毛、芽キャベツと香水の香りがした。母のおかげで汗は蒸発し、呼吸は落ち着いた。フランソワは、キラキラと輝く糊《のり》で接着したぼくたちの固い絆から離れていった。

クラスの前で、ぼくは自分で信じたい話を繰り返した。話はこう始まる。「ぼくの母はコックです。母はこの世の始まりからずっと料理をしています」

どのグループにも、蚊の足をむしり取る方法、犠牲者を選ぶ方法、勝者になる方法ばかり話すような同級生がいる。ぼくたちのグループにはウィリーがいた。彼はぼくの前置きを聞いて、大笑いした。そばにいた三人は、何が面白いのかわからないまま、つられてニヤニヤ笑っていた。

「静かに！」ブラッケ先生は物さしで机を強くたたいた。ウィリーは静かにぼくを笑っていた。ぼくはあいつの獲物。そうなるのも時間の問題。

運動場で、ぼくはスタンとビー玉遊びをしていた。最初、彼の目が落ちて他のビー玉と混ざらないか不安だったが、そんなことは決して起こらなかった。スタンの生真面目さに、ぼくは感心しきりだった。彼はひざまずき、ゆっくりと前傾姿勢になり、自分のビー玉とビー玉の山の間の距離を見定めた。スタンのガラスのような硬い眼差しがぼくの横目に突き刺さり、ぼくは固まってしまった。

ビー玉の山が崩れた時、スタンは本能的に腕を目の前に近づけた。ぼくはウィリーを足元から徐々に見上げた。

「おまえの母ちゃんは料理なんかしてない。娼婦なんだから。娼婦って何か知ってる?」

それこそが、謎を包むことばだった。そのことばの意味さえわかったら、秘密もわかってしまう。ぼくは立ち上がると、ウィリーに三つの人影がついているのを確認した。

「ウィリー、ほっとけ」スタンは影じゃない、話せるのだから。

「あっちいけ、目の悪いやつは。娼婦は悪い女なんだ」

まちがってる、悪いのはウィリーだ、うさんくさい、とぼくは叫んだ。彼を押したが、岩の塊のように動じなかった。

「おまえの父ちゃん、食べすぎなんだよ」と叫んだ。

押し返されて、ぼくは転んだ。やっとの思いで立ち上がったが、再び転んだ。それまでけんかなんてしたことがなかった。三つの人影が歓声を上げていた。スタンは叫んだ。「先生!」その声は遠くから聞こえるように感じた。ウィリーはひざでぼくの肺にぶつかってきた。「娼婦の息子!」ぼくはウィリーのノドに爪を押し当てた。ウィリーはぼくの手首をつかみ、腕を頭の後ろに引っぱった。ウィリーは彼の口とぼくの頬の間をつたうつばに気を取られ、ぼくの手のことを忘れていた。ぼくは尖《とが》った石を見つけた。それを手から離れないようにしっかりと握りしめると、一撃を食らわした。

ウィリーの手がゆるんだ。あぜんとして、おでこに手をあてた。ぼくの首には血がしたたり、服ににじんだ。ぼくは彼が倒れるのを待った。

いつもと違う静けさが、そこにはあった。頭の中の静寂だ。ぼくは立ち上がり、スタンの方を見た。握りしめた石が落ちるまで、スタンはぼくの手首をゆすった。同級生が子供に見えた。最初に聞こえたのは、ブラッケ先生の声だった。「とんでもないことだ。デ・ヒーター、大変なことをしてくれたな」

母とぼくは校長室に向かってゆっくり歩いていた。ウィリーの両親の眼差しが、ぼくたちの出発地点から到着地点をしばりつけ、背中につき刺さった。通り過ぎざまに、おばさんがぼくにはわからないことばを浴びせてきた。おじさんの方は鼻をかんでいた。

母の手はぼくの手をぎゅっと握りしめた。痛かったが、母をもっと感じていたいとも思った。とんでもないことをした。ブラッケ先生はそう言い、母のしかめ面と沈黙は、事の深刻さを物語っていた。

ぼくたちは鉄のデスクの前に座った。ここに来るのは初めてで、あの警官はいつもここに立っているのかと、不思議に思った。警官の一人はかがみ、何かをささやきながら一枚の紙を差し出した。残りの二人は罰を受けた子供のように壁際に立ち、無愛想にじっと見張りをしていた。校長先生は話を聞きながら、時々ぼんやりとぼくたちの方をながめてうなずいた。

母は彼らが話す様子を全部しっかりと観察していた。歯を食いしばっていた。頬のうねりは、ぼくに具体的な脅威を与えた。

「ちゃんとしたところに連れていかないと、レア」校長先生のため息で、気分の悪さが伝わってきた。ムール貝が新鮮じゃなくてがっかり、に相当するレベルだ。

「そんなこと絶対させないわ」と言うと、母はぼくを立たせて扉の方に引っぱっていった。罰を受けた警官たちが、母を制止した。

「あなたといるとこの子の未来はない。それくらいわかるだろ？　こんなことになって」

ムール貝が良くなくたって、同情の意くらいは示せる。校長先生は満足げな目つきで、自分の髪を撫でていた。賢いなんて、彼はなんて運がいい。そのせいで傷つくこともあるだろう。信仰心を侮辱されることも。頭上にかかる石膏《せっこう》のマリア様を泣かせてしまうことも。石を手にした子を持つ娼婦のせいで。汚い手でその子を絶対に触らせないとわめく女のせいで。その女は、オクサマがたに言ってやりたかった。ダンナはくさくて、金を持った嘘つきで不感症のアマを引き連れた汚い豚に過ぎない、と。ダンナはセックスが下手くそでしょ、と。

母は警官たちの目に爪を立て、腕を噛んだ。母はぼくを抱き上げようとした。しかし、警官につかまれ、ぼくはコンクリートのように固まった。警官の手の重みの下で、ぼくは頭の向きを変えることすら困難だった。母がぼくを見た時、眼の炎は消えていた。

「迎えにいくからね、ブノワ!」

迎えにって? どこに?

ペンギンたちは料理ができなかった。ぼくたちのお皿にドロドロしたものを盛り、食べない人がいないか目を光らせていた。食事はカビくさかった。学校に見せかけて、学校ではないこの高い建物のように。同じテーブルの少年たちは、顔色の悪い子豚のようにがっついていた。ぼくには同じまねができなかった。小柄な赤毛の子だけが時々、ぼくの受け身の姿勢に興味を持って見ていた。彼はだまって空《から》の皿をぼくの皿と交換した。年下のようだが、ぼくよりも知恵があった。

ペンギンたちは、整列と大部屋に執着した。テーブル、洗面台、ベッドの列。食堂から洗濯室、洗濯室から寝室まで歩く少年たちの列。ぼくは歯をゆっくりと一本ずつ、前、奥、とできるだけすみずみまでみがいた。「よく噛める強い歯に」と、母はぼくによく言っていた。その歯がこれほど必要だと思ったことはなかった。骨ばった指が列に戻すためにぼくの耳を引っぱれば、その歯を使えばよかった。

ペンギンたちは、大概すべてのものを憎んだ。二人がかりで隣のベッドにいた子を枕元からつまみ出して羽交い締めにすると、別のペンギンはその子の口をこじ開けた。舌の下にチョコレートを一粒、隠していたのだった。何もかもお見通しだった。

ペンギンたちは、ぼくが毎日身体の温かい女の人と眠っていることも、お見通しだった。ひざまくらで、髪にキスしてくれる女の人と。その人の手は毛布の上ではなく、ぼくのパジャマの上衣の下にあった。ぼくがペンギンたちの爪から腕を引きはがすと、平手打ちをくらった。

明かりが消えると、ぼくは音を立てずにチクチクする毛布の下に手を伸ばした。彼女を感じようと思って。右手はここにある。ぼくの脇とお腹の間に。指先が時折ぼくのヘソ周りをなぞったりした、こうやって。ぼくの背中の真ん中あたりで左手を広げていた。なので、ぼくは反対側を試さないといけなかった。ひじが鉄のヘッドボードにぶつかった。じゃあ、反対側の腕で。でも届かなかった。

クジラは前回よりも速く泳いでいた。見覚えのあるうちの海だ。でも岸からは離れていた。うちの浜辺が高潮になれば、イギリスは引き潮になると人は考えるだろう。でもぼくにはすぐ、それは違うとわかった。すべては同時に起こる。ここは中間地点。波は衝突しては割れるのだ。

クジラの耳がどこにあるかわからず、唇を背中の穴にあてた。

「フレーデリク、ぼくたちはどこに行くの？」

湿ったため息の返事が聞こえてきた。がっかりして、ぼくは横向きに寝そべり、暗い雲の間からのぼる太陽を見つめた。ぼくの頭上を飛び交うカモメは、ずっと笑っていた。ぼくがクジラと話していたからだ。フレーデリクの背中に付いた海藻をそぎ取り、カモメの羽に投げつけた。でも、当たらなかった。

「若造、あなたのふるまいには本当にイライラさせられるよ」

生きた船のおなじみの厳しさを聞けるのが、うれしかった。

「フレーデリク、ぼくのお母さんはどこ？」

「質問ばかりだな」と彼は切り出した。「でも、最低限の同情を示すことなんてできない。あなたの思考をじっくりたどってみた。私がただのクジラだと信じていることがわかって驚いたし、情けなかったよ。若造、私はマッコウクジラだ。そしてあなたが背中と呼んでいるのは、実は頭なんだ。私の身体の三分の一を占めていて、この世の生物の中で最も重い脳を持っている。念のため言っておこう」

フレーデリクは悲しみをちらつかせた。その声はあまりにも甲高くて、ほとんど理解不能だった。傷つけるつもりはなかった、とぼくは口ごもりながらあやまった。彼は大胆に潮を吹き上げたが、愛撫すると、しずまり返った。

「さて、あなたのお母さんについてだが」フレーデリクは落ち着きを取り戻してこう言った。「今日はあなたを取り戻すため、あちこち走り回っていた。彼女の行動はなかなか理解されなかったから、ついにあの手に出たんだ。実際には、思いつめた面持ちで海辺をじっと見つめて、膨大な量の安ワインを飲んだあとのことだけどね。まあ、誰だってできる範囲のことをする。とにかく、その結果、今、あなたのベッドのへりにすわっている」

目を開けると、母の腕に飛びこんだ。

ぼくはペンギンの話をしたかった。整列や廊下、大部屋のこと、赤毛の男の子、においのこと。初めて一人きり、母のいない時間をどう過ごしたか。かつてないほど、恋しかったこと。そしてマッコウクジラのフレーデリクは、母が来ると知っていたこと。

「静かに」と、母は言った。「私たちの声が聞こえちゃまずいの」

話を後に取っておこうと、グッとこらえた。もうすぐ、背中に母の手の温もりを感じながら、ぼくたちのベッドで、全部話せる。今はまず、音を立てずに逃げなければならなかった。服は思った以上にガサガサと、ヒールはコツコツと音を立てた。もっと速く走って、じきに扉が近づいてくるわ。母は抜け道を知っていた。来た時もこの裏門からのルートを使ったのだ。あと十メートル、五メートル。

行く手をはばむ生物は、平均的なペンギンの三倍の大きさはあるように思えた。ツルツルな頭をぼくたちに向けると、ことばを発する前に舌打ちした。

「ケイホーーー！　娼婦の親子！　ケイホーーー！」

扉がバタンと開くと、健康サンダルがスタスタと音を立てた。兵士たるもの、迅速さと効率性が命。さらに五匹のジャイアントペンギンがバリケードを作った。

ぼくは母の上唇にしたたる汗のしずくの数を数え、視線を追った。十字架の男が頭を垂れていた。彼にとっては、もはやどうでもよかった。ぼくもその男の視点に立った。石を握りしめる自分の手、銅の塊に手を伸ばす母の手を見た。母は頭上の十字架を持ち上げ、まず一番背の高いペンギンを殴った。

他のペンギンたちの叫び声で、ぼくたちの足は動き始めた。身体に、夜の湿った冷気がしみこんだ。月明かりのせいで、母の顔は一層白く見えた。同じリズムで水たまりをぴょんぴょん飛び越えた。二人の呼吸はそろっていった。

最初のサイレンの音が鳴り響くと、母は立ち止まった。ようやくぼくの方を見た。もうどこで、どのくらいで会えるかもわからないことを悟った。母の濡れたお腹に、自分のおでこを押しつけた。

「うちの海だね」と言い、母を引っぱった。

回転灯のせいで、二度三度向きを変えなければならなかったが、なんとか切り抜けられそうだと思った。フレーデリクがぼくの心を読んで待機してくれますように、と祈った。来なければ、フレーデリクを置いてイギリスまで泳いでいくしかない。向こう岸までたどり着かなければ、一緒に深く沈むまでだ。

光がぼくたち二人の視線をさえぎった。長いブレーキの音が響いた。母は瞬時にぼくを遠ざけた。ぼくたちは同時に転んだ。パトカーが母だけにぶつかった。二人の警官は怯えながら車から出て、うろたえて制服をいじくり回した。ぼくは母のところまで這っていき、まだ事の深刻さがわからずにいた。母のキラキラと輝く眼にかかる髪を、耳の後ろにかけた。雨が血まみれの母の顔をつたった。

「なんとかなるよね」とぼくは言った。

「そうね」母は言うと、眼の光が消えた。

これが、ぼくにとって最後の重要な一日だった。あとは、うわべだけの人生が進んでいた。

ブノワ・デ・ヒーターは五十三歳。古びたレインコート姿は刑事コロンボ風だが、身体は魚の骨のように痩せこけ、白髪もあった。私よりも破局は六人、精神科医は三人、セラピーは二回多く経験済みだった。四半世紀の歳のへだたりをものともせず、彼を酔いつぶすことができた。彼は、女は酒好きであるべき、私は、中年の危機を過ぎた男は飲み過ぎるべきでない、と思っていたので、互いに気が合った。飲み過ぎで亡くなった大好きなヒューホおじさんの教訓だ。不思議なことに、ブノワはヒューホおじさんの知り合いのようだった。

「ヒューホか？　僕のマブダチだ。いいやつだった」とつぶやくと、私のグラスにワインを注いだ。

この一撃で、彼は私の心をわしづかみにした。おじさんをそう呼ぶからには、相性がいいにちがいない。ヒューホおじさんは精神科医から逃げまどったあげくに実家を全焼させ、家族から見放されていた。なぜそんなことをしたのか尋ねたのは、家族で私だけだった。おじさんが言うには、母親、つまり私の祖母の遺言だったらしい。私だけがおじさんを信じ、互いのことを気にかけていた。でも、廃墟の後ろにあるガーデンハウスに引きこもるのを、防ぐことができなかった。木の扉のところで、いつ出てくるの、出てくるよね、私に何かできることない、必要なものは、私のこと嫌いなの、と尋ねると、おじさんは泣きながら言った。「おまえはあっちに行ってろ」でも、おじさんが何も言わなくなり、とうとうお父さんや兄弟たちがハンマーと金てこで木の扉を壊してこじ開ける様子を、私はただ立ち尽くして見ていた。ヒューホおじさんは排泄物、血の塊、ウォッカの瓶に囲まれ白いシーツにくるまっていて、そこから引き出された時も、私はそこに立っていた。私だけが、しつこいようだが、ただ一人、彼のことを気にかけていた。

今、またそんな人物、ブノワが現れた。彼はあまりにも熱心に私の話を聞くので、なぜヒューホおじさんのことを知っていたのかや、おじさんとの思い出を尋ねる気が失せてしまった。

ブノワ・デ・ヒーターは一晩で「友人」にまで昇格した。同類を必要としていたことだけが理由ではない。人との繋がりをそれまで抑えていた反動からだ。起きていればいるほど、ますます孤独になっていた。八ヶ月を経て、この状況は私の重荷になりつつあった。

他方、私は相手も「不眠状態」なら、人付き合いができた。他人には私のことなんてわからないと思っていたから。

他人と言っても、それは複数形だ。友達という人たち。友達は一人、また一人といなくなった。わかってないのは私の方だと言って。文字通りそうなのだろう。私の状況のせいで、ささやき声は唸り声のように、あるいは大概その逆に聞こえるようになっていた。善意ある心配の声が、うるさく厳しい非難のように聞こえた。友人自身が抱える問題は、目に入ると踏みつけたくなる虫のブンブンいう音のように聞こえた。

私は窮地に追いこんだ、友達を。電話口で起こし続け、もう時間が遅いと言われれば罵《ののし》った。大抵の友人はすぐにうんざりした。二、三の真の友と呼べるような人は、まだしばらく付き合ってくれた。がまん強い恋人をついに追い出すに至ってもなお、私には信奉者がいた。

例えばブラムがその一人。愛されキャラで誠実なブラム。百二十キロのお人好しの塊。長年私に抱く愛情も、同じくらいの重みがあった。この大男は私が抱える問題について、私よりもたくさん調べてくれた。勇敢にも目を覚まし続け、新たなリラックス法を試したりもした。私の寝室の壁を、睡眠に最も効果的とされる青色に塗ってくれた。私が突如少しでも眠りにつこうものなら、ブラムは椅子にすわってじっと固まり、音をたてずに呼吸した。

ブラムは八時間睡眠の神話にとらわれる必要はないと力説を続けた。医学的な睡眠研究の本には、「ショートスリーパー」もいると書いてあったそうだ。

「ショートスリーパーは、たいてい効率的で、エネルギーに満ち、野心的である。自信家で、問題行動を起こすこともほとんどない」と読み上げると、自分で付け加えた。「ほら、ナポレオン、ほら、あの人だって睡眠時間が短かったんだよ」

私はブラムに感謝していた。これはまったくの皮肉ではなく、私の精神状態を信じてくれたからだ。ブラムは目をシバシバさせ、三度「ほら！」と挟みながら本を指さした。気力をかき集めて、読み進めた。

「ショート・スリーパーは精神的な苦悩を隠す傾向にあったり、それについて話すのを避ける傾向にあるため、ある意味抑圧的と言える」

私たちは目を合わせた。ブラムは私にしかみえない陰に沈んだ。その頃の私は、音と静けさに加え、光と陰まで一緒くたになっていた。

「ブラム？」

「何？」

「どっか行って」

完全な陰におおわれ、あぜんとして何かどもっていたが、何を言ってるのか、わからなかった。暗闇に真の友が吸いこまれるのを見て、私はどっと吹き出した。

私はブラムが置いていった本を、ぱらぱらとめくった。市の図書館は、武器庫をいっぱいにできるほど睡眠障害に関する本を所蔵しているようだった。私のために置いてくれているのか。本の山から新たに一冊を手に取り、前の読者が引いた下線箇所を見て、私は驚いた。

十五ページ目以降になると、間違いなくその人は不眠症であることがわかった。「睡眠」ということばが登場するたびに、そのことばは何かを訴えかけるように線で抹消されていた。その六ページ後に出てきた「リラックス」ということばはけんか腰に線でかき消され、「環境とストレス」という副題は、「環境とクソッタレ」に上書きされていた。安らぎのない夜を過ごすにつれ、この本の内容があまりにもうすっぺらいことが判明したことに、私は共感をおぼえた。

鉛筆のらくがきに、最初のうちは納得していたが——同類がいる、やった——やがてとめどない不安が押し寄せてきた。この小さく、ぎこちない筆跡の持ち主は、私よりも二年四ヶ月長く不眠に悩まされてその本を借りたのだった。「三年間の不眠」と、二十五ページ目の要約の下には、事実に即した結論が書かれていた。次ページ以降はひどくなる一方だった。矢印の矢の先には、「参照！　ヒューホ・クラウス[*1]」の文字が、カーブを描き「夢遊病」のことばから引っぱられていた。小見出しの「深刻な問題」についた引用符は必死にかき消され、次の段落の「睡眠の友」ということばも、同様に消されていた。余白には所見が書かれてあった。ここに矢印はついてなかった。

妄想型統合失調症　ゴルバチョフ　コーヒー　心臓停止　ロラメット[*2]　ベンジン　事件—事故—嫉妬　アルコール—アルコホーリクス・アノニマス　本を読む＝ねむる—ねんね—青うさぎのボボ—失業

丸で囲われたことばも、不気味でしかなかった。回避、禁断症状、衰弱、機能不全、幻覚、制御不能、危機。

最後の章になると、唯一の完全文が現れた。「目覚まし時計が頭から落ちてきた！」次の空白ページには、クエスチョンマークが百個。最初は小さく、それがだんだんと大きくなってな

＊1　Hugo Claus（1929-2008）：フランダースを代表する作家。二〇〇〇年に小説「夢遊病（Slaapwandeling）」を発表している。
＊2　睡眠薬の品名。

らんでいた。

　ブノワがデュベル[*1]のビアグラスを、ビアコースターのちょうど真ん中に置く様子を見た。コースターの端からぴったり〇・五センチ内側に。その行為に垣間見える彼の強迫性に、私は抱きしめてもいいと思うほどの親しみを覚えた。その代わり、私は下線の引かれたその本を、カウンター上で彼の方に押しやった。

　彼ははにかみながら私をじっと見て、指でページをパラパラとめくった。最終章の後に書かれたことばを見るなり、頭を後ろにそらして高らかに笑った。いつものモゴモゴとした話し方とはかけ離れていた。笑いながら右手でクエスチョンマークを隠しているのに気づいていなければ、期待していた友情よりも、彼のことがわからないという認識の方が勝っていただろう。

　それがブノワの筆跡だと、私は見抜いていた。彼はレインコートの裾で笑い涙をぬぐうと、私のいぶかしげな目を見て、引きつった笑みを浮かべた。笑わないのを見て、ゆるい念仏ふうに私の名前を唱えた。「マーヤ　マーヤ　マーヤ　まあ　いいや　マーヤ　マーヤ」

　私は悲しげにほほえみ、肩をすくめた。彼は自分の手を見ながらつぶやいた。「ここで僕と何してる？　僕みたいにいかれっちまうぞ」

　彼のグラスの中に、存在しないはずの光が反射した。私は冷静な無関心さを取り戻した。

「そうは言っても、あなたに似てるんだもの。それに、狂気は正常な脳への電気的刺激とそんなに変わらない。タイミングの違いなだけよ」こう言うと、彼が私の言っていることを理解しているか、確認した。

「こう言うことか——アルケ！で歩く、コロセ！で殺す——」

「そう」

彼はビアグラスを一ミリずらし、こぶしを当てて咳払いし、トイレにこもった。少しして戻ってくると、バースツールのそばにたち、私の方をうれしそうに見た。

「うまくいかない指令があるな」

私たちは観衆に疎外感を与えて延々とリハーサルをする実験劇の俳優のように、こう叫んだ。「ネムレ！」

「ここはくそつまらない国ね！」

カッチャー——女友達の中で最も下品で最も優しい女——が、うちのキッチンテーブルに腰掛

＊1　ベルギーを代表するビールブランドの一つ。

け、古いパンのかけらを自分の指にぐさぐさと刺していた。会うのは三年ぶりだった。彼女は血気盛んな王子を探し求め、世界の半周を旅してきたところで、ラシッド、ウォンージュン、デイヴという多文化イレブンの得点王の間でまよっているという土産話を持ち帰った。自分のナベにはまるフタがたくさんあった、といつものようにあっけらかんと話してくれた。

自分の状況を話す必要はなかった。明らかに、何ヶ月にもわたって共通の友達がメールで私の行動を嘆いていた。私の惨めさは国境を越えていた。カッチャの世界一つまらない国への突然の寄港が、救済の使命を負う旅でもあるのは、はっきりしていた。不思議と、私は彼女の旅を受け入れることができ、むしろ助けを望んでもいた。不可能を可能に変える女、それがカッチャなのだから。

何しろ私たちには共通の楽しい過去がある。私たちはティーンのミューズだった。バンドを組んで、私は歌い、カッチャは男たちを極限まで追いこむように、得意げにベースを弾いていた。彼女は私よりも二倍の量の酒を飲み、二倍の数の男とヤっていた。でも寝る時はカッチャの赤いサテンのベッドで、一緒に眠った。ワイルドな夜を過ごして部屋にもどると、カッチャはハイだけど、吐きそうだと言った。私はベッドの横に置いてあるバケツを指さした。自分がいざそうなった時のために、置いてあったやつだ。カッチャは礼の代わりにうなずくと、私の上にのしかかり横になった。私たちは聖なる十字架のようだった。彼女の胃が私の胃と一緒にうねるのを感じた。「一緒だとしあわせ」と言うと、枕に沈んだ。二人の思いは一つだった。

今、カッチャはパンのかけらを口に運び、私を険しい目つきで見ている。

「どうすれば夜ぐっすり眠れるか、あんたもわかってるでしょ」

私はもの言いたげな目で見つめ返した。彼女はため息をついた。

「セックス!」ときっぱり断言すると、自分の好きなテーマになったので、その系統の色んなことばがついて出た。「ファック、ベゼ、ポルヴォ・ホデル、ナモラール」彼女は椅子にすわり、ゆるやかに前後に尻を揺らした。

「やめて!」クスクス笑いながら、自分がカッチャだったらどんなに気楽かと思った。いつだってテンションが高く、孤独を感じない人だ。

「スタラト・シー・オー・レケ、スゼレトケジク、フォッテレ」と、カッチャはかすれた声で舌をもつらせながら続けた。

「不眠症になり始めの頃、カレがいたの、覚えてない?」

「ああ、レムコとか言う、やさ男ね、でも超つまらないやつ。今夜は一緒に狩りに出るわよ。性器を解放せよ《フリー・ザ・カント》!」とカッチャは叫び、私はただ笑いながらついていくしかなかった。

熱い身体がおどる中、なぜ自分は暗闇に逃げたがるのか、わからなかった。その晩、私をへトヘトにさせる神経の鋭さが、ポタポタと身体から流れ落ちた。ベースは私のお腹をどんどんとたたき、背筋はぴんと張っていた。腕のすね毛がドラムのリズムにのり、サックスが私の骨盤を狂わせた。

すべてが銀色に輝き、スローモーションになった。彼を見ると、乙女の熱いハートの中に溺れる自分がいた。こんなこと、初めてだった。こんなにも突然に。彼を見ると、もう何も隠せなくなった。ほんの一撃で。こんなにも現実的に。心臓が飛び出て、目の中から光が。どんどん。

彼は見つめ返し、理解した。髪からは貝殻のにおいがした。これまで感じたことのないほど優しい手つきで、私を前後に揺らした。彼の心臓の音、私の涙が流れる音を聞いていた。何も尋ねてこなかった。そして私をしっかりと抱きしめた。

彼のヘルメットを手にして、私は十六才の異星人の気分だった。彼は笑いながらエンジンをかけた。左の前歯の角が欠けていた。絶対に腕を離さない。私たちは見知らぬ並木道を走り抜けた。私の街は、私のものではないのがわかる。私は街のものだった、石畳のすきまから堂々と生えてる雑草や道端に転がる缶と同じ。ただし、私は脆《もろ》い。

私は彼を自宅の玄関、階段、ベッドへといざなった。目覚めていること以外、何も求めていなかった。彼も同じ。金《きん》とバラの夜だ。肌、髪、脚から脚へ。今のこの瞬間と永遠の夜。シンプルな夜。身をゆだねる夜。

半日続いた至福の果てから、やっとの思いで目を覚ました。二時十分、しばらく忘れていた柔らかい日光が、裸の身体を包んだ。何もかも、もう大丈夫だ。そばにある枕の置き手紙の縁を指先でなぞった。彼からで、また会いたいと書いてあった。彼の名前はポール。私が眠る様子を見て、毎晩そうしていたいと思ったのだ。シーツの間から彼の毛を一本見つけた。それを指でなぞりながら、彼の存在を感じていた。

生まれ変わるというのは気持ちが良いものだ。何もかもが新しい。私は待ち合わせの場所へと急ぎながら、肺が呼吸するリズムに合わせて、血の流れる音を聞いた。あと三分たてば、彼がいる。私は得られるものを手にし、与えられるものを与える。

あと三分たてば、二時間になる。ポールは不在。通行人が虚無に消え入った。その時初めて、通りの名前の看板を見た。それを見て、私は果てしない混乱に陥った。ちがう通りにいたのだ。ちがう像のそばに。

よく見なかったからこうなった。よくあることだ。一文字ちがい。私は本来いるべき場所へと急いだ。ばか、なんてばかな。二時間待つ人なんている？　空虚の中の空虚が、彼の居場所を教えてくれた。

電話番号不明、住所不明、行きつけのカフェも不明。偶然なんて信じない。神経の疲労がジワリと脚に回ってきた。毒のように。

毒には毒を。ブノワは私に十二杯目のワインを注いだ。飲み過ぎでビアコースターのど真ん中にグラスを置けないでいると、彼が代わりに真ん中に置いてくれた。眉間には、憂慮のシワがあった。

「マーヤ」私の名前を二度繰り返していたようだ。彼がしぼり出したことばに集中しようとした。

「そんなやつにすぐのめりこむなんて……考えが甘くないか？　一晩でだぞ？」

私は彼を稲妻のような眼差しで見た。

「甘い考えなんかじゃない。愛を信じてるの。ナズダローヴィエ《カンパイ》」と叫ぶと、ワインをショットグラスのように飲み干した。

「今まで人を愛したことは？」

私はうなずいた。

「それで今、彼のことは？」

何とも思わない。当然だ。彼の言う通り。愛はまぼろし、恋ははかない。それでも一目惚《ひとめぼ》れ。一瞬で燃え上がった。無知。二時間で。私はしゃっくりをすると、目の下でカウンターが回っているのが見えた。重い頭をもたげたかったが、カウンターごとひっくり返るのを恐れた。

「いつも何かうまくいかない。善は悪に転じて、そして悪化する一方さ」とブノワは言うと、過去に思いをはせ、だまりこんだ。「どんどん目が冴えてくる」

テーブルから女の叫び声が聞こえたかと思うと、頭上一・五メートルにカウンターがあることに気がついた。転んだことを確信し、私は寄木張りの床に胃の中のものを出した。白ワインとベジバーガー。悪化する一方。

マスターは私の首根っこをつかんで外に引きずり出した。私は子猫のようにピーピー泣きながら、マスターと芸人コンビを組めそうだと独りごとを言った。通りの石畳を見て笑い、それに激しいキスを食らわした。ブノワは私の腕を肩に担ぎ、腰で私の胴体のバランスを取った。彼の脚は私の脚と同じくらいぐらついていた。

私は冷たい息と汗を感じた。飲み過ぎだ。通りを間違えた。愛はまぼろし、恋ははかない。金とバラの夜だ。脚から脚へ。まったく、まったく。ちがう通り、ちがうとおり。

かすかな麻酔状態のように、皮下にある最後のアルコールが抜けるのを感じた。私はブノワのアパートにいて、散らかったリビングの真ん中にある古びたソファで横になっていた。彼は私の靴を脱がせ、毛布をかけてくれた。そして何も言わず、私の視線を除《よ》けた。私は部屋の角のベッドに横たわる彼の後頭部を何時間も見つめて、沈黙の原因を探った。

私は起き上がり、バスルームをみつけた。シャワーの下で、ポールのことを考えていた。たぶん彼は現れなかった。待ってなんかなかった。服を着ながら再び顔を拭った。キッチンで何かが割れる音がしたかと思うと、ブノワは何か汚いことばでののしっていた。うるさい。扉のすきまからのぞき見すると、彼の眼差しにぞっとした。炎。

私は床に散らばった陶片を見て笑い、かき集めた。彼は私の手を取った。熱くなっていた。

「君はこんなんじゃない。昨日とはちがう。小娘だ。若い」

気の毒、気の毒な小心者。私の純真さを信じるなんて、ガリガリのひねくれた子供みたいだ。私が天使だとでも思ったの？　彼なんかよりずっと強い。賢明な若さ、意味もなく生命力が備わってる。もう何も心を動かすものがないの。それがどういうことかわかる？　もう何も意味がないってことが？　ねえ？　もっと高く？　ああ、そこ、そう、やっとわかってくれたのね？　そう、私の手はこんなに小さいの。でもこんなこともできるの！　あれや、これも。ほらね、私たち、同じことばを話してるでしょ。

「マーヤ　マーヤ　マーヤ」彼は私のお腹をやさしく押さえた。そしてだんだん強く。「そばに、マーヤ。おまえが必要だ」

彼の隆起するものが私のももに当たるのを感じ、彼の曲がった指は私の胸をつかんだ。何かが消えた。私の声だ。いざそうなったら、その声を使おうと思っていた。絶対足蹴りし、たたいて、引っ掻き、かみついてやると思っていた。でも、今なにが起こってる？

「何か言えよ。やめてとか、マーヤ」

ブノワは泣き出し、私を壁に押しつけた。私の唇と身体は彼のペニスより固くなっていた。そして駆けゆく若い馬の皮膚から気化する汗を思い出していた。赤ん坊の足を洗ったばかりの露のしずく。砂。照らされる。朝日に。

彼は錯乱して私のお腹の中にぶつかり続けた。彼の涙が私の背中をつたった。

「何か言えよ、くそっ」

そして馬たちは振り返り、鼻息荒く後ろ足で立ちながら、私に白目を向けていた。しずくは血の赤色になった。砂は歯間でギシギシと音を立て、列車のブレーキの音で、私の心は焦げついた。ここはどこでもない。

指令。自転車の車輪は、トラムのレールの間を千鳥足《ちどりあし》で進んだ。「コケ！」頭がからっぽの状態で、反対側からきた車を見た。「ハンドルヲキレ！」黄色のトラックが道に入ってきた。

私はヘッドライト周りのめっきに目を止めた。「シンダ商会」の文字が輝いていた。

すぐ！　左に！

ぶつかった！　おもいきり！

ここに痛みが。そして消えた。

血よ。私の血。

大丈夫。大丈夫。

クタバレ。

でも、私にはトンネルの先の光が見えなかった。親戚からのお悔やみのことばもない。天使のコーラスもない。男の汚れたジーンズのかたわらで、震えた手が夜に解き放たれた。シンダ。哀れな男。

車がビュンビュン風を切る音、そして遠くからある声が聞こえた。いや、二人の声かもしれない。なんで何も見えないの？　それは私の過去の影、それともこれからの影？　これからって、いつまで続く？　これまで出くわした怪物にも、ここまでの恐怖を感じなかった。サイレンの音に合わせて、男は私を抱えた。顔中に痛みが走る。なぜあの人たちは私に近寄らないの？　もう手遅れなの？

「メヲサマセ」と私は歯を食いしばった。口の中に靴下が詰めこまれたかのような感覚。

そして彼らが到着した。彼らが走る音が聞こえた。息づかいや頑丈な手を感じた。柔らかいところで横になった。硬さのギャップで、痛みはひどくなった。うなり声をあげた。誰かが私の手首をつかみ、つねった。血が、手のひらにしたたるのがわかった。

「思ったよりましだ」

温かい砂が、私の顔を優しくたたきつけた。

僕はカタツムリなみのエネルギーで、のろのろと人生を歩んでいた。カタツムリのブノワは、鉛のように重い殻を背に担ぐ。もうここ何年もの出来事を忘れてしまっていた。二十代の友達に囲まれ、グラスで乾杯している写真がある。でも、その友達の名前はもう覚えていない。どこで撮ったのかも、もうわからない。僕の健康は、ずいぶん前から問題を抱えたままだった。

夜、僕はこの上なく煙たいと思える飲み屋にいた。ペットにしている犬のノミをつけた男たちや、死産した子供を酒で忘れようとする女なんかに囲まれていた。彼らが僕に話しかけてくることもあった。自分のお通じの具合について、わざわざ僕に伝える必要があると感じる人がこんなにもいるのには、おどろきだった。でも僕は話に耳を傾け、うなずき、何だかんだ言って結局クソだろと言って返した。そう言うと、ちょっと抱きついてくるようなやつすらいた。

昼間、僕はスイミングプールで働いていた。救助係とも言えず、「管理人」とか「責任者」

を名乗っていた。こんなにも受動的な肩書きを僕に与える職業は、他にないだろう。上司や同僚は僕をほったらかしにした。何も尋ねず、僕の透明な存在を甘んじて受け入れていた。おかげさまで、僕は一度も病気も遅刻もせず、週末や晩も勤務した。八時から十時までの間は新聞を読んだ。その後は小説をパラパラとめくった。最初の十年は、フランスの実存主義に身を投じ、それからロシア文学の方に移った。その合間に、ケミカルブルーのコースを延々泳ぐ人々を、うつろにながめていた。

火曜の朝は、年寄りたちがのそのそとプールに入った。表面的には楽しそうに、年老いた肉体をくねらせては、過去の恨みを蒸し返していた。木曜の晩は、スイミングクラブの時間だ。皆が一番を目指していた。努力する姿を見ると、改めて自分の惰性を許容することができた。残りの時間は、大抵子供たちであふれていた。ある時、少年がクジラのまねをしていた。その日は読書が手につかなかった。僕は再び水たまり、そして母の血の中にひざまずいてすわり、決してそこから立ち上がることはないのだと悟った。

それでも、人はなんとか生きる。僕がその証拠だ。もちろん、列車に身を投じたり、血管にカミソリを当てようと考えることもあった。手足を探しにこないといけない人々のことや、バスルームを塗り替えないといけなくなる人のことを思うと、申し訳なく思った。水辺の玉座で時を過ごす僕の存在には、ゆっくりと死に向かう権利が与えられていた。

十七年間、僕はそこに座っていた。一人目の溺水者が現れるまで。そして、僕はクビになった。

プールを後にして、僕の夜は長くなった。僕の睡眠は短くなった。ついに目覚まし時計が頭の中から抜け落ちるところまで、そして明暗を区別するのが困難になるまでに深刻化した。それから、さらにあらゆる物事の区別がつかなくなった。騒音と静寂、冷たさと温かさ、大事な事と些細《ささい》な事。すべりの悪いカーテンのせいで、三日三晩、盲目的な怒りに支配されることもあった。ついに、壁からカーテンを引っこ抜いた時、それまで何も食べてないことにやっと気づいた。大好きなベルリーナ[*1]のことですら忘れていたのだ。

ベルリーナを手に入れることは、日常行為の中で最後に残された朝の習わしだった。僕はこの行為に大きな価値を置いていた。朝の習わしは構造化された精神を示すし、消化機能を働かせる必要もあるからだ。毎朝行きつけのパン屋があった。白髪で丸髭のダンナがやっているパン屋。夜にパンや定番のケーキを焼き、昼間は手品師の微笑を浮かべて自らパンを売りさばく。毎回、僕はその手さばきに魅了され、じっと見ていた。彼はコインかトランプの技でも見せられそうな、長く敏捷な指をしていた。店に入ると、大抵まだ誰も来ていない。ダンナはケーキをじっと見つめるか、新聞を読んでいる。そして一目で僕が来たとわかると、注文を待つ。何年間も、あのダンナは毎朝僕の注文に付き合っていた。僕たちの会話はいつも同じだ。

「ベルリーナを一つ」

「ブノワはベルリーナが好きだ」

「まあね」

「まいど」

僕はブノワであり、僕はベルリーナが好きである。僕のパン屋は僕の朝を構造、食糧、アイデンティティでスタートさせてくれた。この三点がそろうと、数時間もすれば街の地下に消え入ることができた。僕はぶらつくのに適した狭い路地を探していた。どれだけ歩いたか、もう跡をたどることもできない。時々人混みの中を歩き、人々が僕を透過してしゃべる様子を見た。僕は透明の身体を持つ幻影だ。きつい体臭を漂わせるわけでもなく、目立たない服を着ている。

カフェでは、聞きたがる人には適当な話を聞かせた。僕はつまらない冗談に大笑いし、自分

＊1　中にジャムが入ったドイツ発祥の揚げパン。ドーナツの原型とも言われている。

の冗談にはもっと笑った。犬愛好家相手ならコッカー・スパニエルの話、秘書なら紙について延々と談義することができた。そんな話をしながら、僕はアル中になることに意欲的に取り組んだ。僕の胃は勇ましく抵抗していた。

カフェ・スポーツは文字どおりのスポーツカフェと言っても、サッカーの試合がある時だけ、壁の小さなテレビがつくような店だった。カウンターにはフリーダという名のブルネットヘアの美しい中年女が立っていた。彼女は仕事の合間にパールで造花を作り、値札をつけてカウンターに置いていた。誰もその話をしないことから察するに、一つも売れてないのだろう。ヴィッキーなら買うのかもしれない。フリーダの胸から目を背けるのに必死で、テレビの画面に視線を固定していたのだから。

「スゴイよね、フリーダ、ガラタサライって」と彼女は時々期待感あふれる優しい声で、フリーダに話しかけた。

すると、フリーダは「ええ、あのギリシアの人たち、すごく上手いよね。それともあれは、パラニタイコスだっけ?」とか言って答えた。

ヴィッキーはまばゆい顔でうなずくと、再びビアグラスの背後に潜み、悲しげな笑みを浮かべた。

誰かが「トルコ人!」と訂正すると、きまって「故郷《くに》に帰るしかないやつらな。さっさと!」

と言うやつがいた。この意見に対して、反応する者はほとんどいなかった。他人《ひと》を無視することは、僕には最善の攻撃のように思えるし、おまけにエネルギーも必要としないので、道義を奮い立たせる気にもならなかった。そんな時、僕はいつものように立ち上がり、会計を済ませた。

フランキー&という名の店では、いつもジュークボックスから同じラブソングが、延々と流れていた。

「ジャッキーがまだここにいた頃にかけてた曲さ」とフランキーはため息を漏らした。浮気された女の名前が、店のオモテの「&」の後に塗り固められた白い漆喰の下から、まだうっすらと見えていた。

「彼女だって後悔してるさ」そうすれば万事うまくいくかのように、僕は彼をなだめた。

「相当後悔してるはずだ、友よ、相当にね！」と彼は舌足らずに言うと、僕の方めがけて人さし指を強く振った。「誰に走ったか言ったたっけ？」

「二十五の男だろ」まるで自分に罪があるかのような声でささやいた。

「男、男だと？　まだガキだ！　なんでもおもちゃにする、あのくさったクソみたいなやつ！　オープンカーを乗り回す女たらし。首の骨でも折れちまえ、ちくしょう！」

「まあ、まあ」

「まあ、まあ、じゃねえ！　ケヴィンだ！　その名前を聞いただけで……。それにしても、ケヴィンてのは、おかまの名前じゃねえか？」そう言うと、フランキーはじっくりと蛇口をみがきながら、ケンカ腰にどなった。「そもそもあの女は、石膏の聖女でもなかった。まったくもって、純粋な女じゃなかった」

フランキーはなぜかいつも僕だけに向かってこの話をするので、その怒りに怖さを感じることもあったが、僕は頑張ってそこに居すわった。なぜなら他に客がいない時、彼の口調は少し優しくなるからだ。「でも僕はまだ彼女の事ならなんでも覚えてるし、忘れたいとも思ってないのさ」

母の後には、他の女性がいた。母のような手を持つ女もいれば、母のような声の女もいた。たいてい母と同じ職業についていた。僕は深紅のレザーソファのある鄙《ひな》びた売春宿に行き、女のひざまくらで眠るために金を払った。朝になれば、食べ物で顔を作ってくれるという希望を抱いていた。しかし、おきまりのベルリーナで現実の朝を迎えていた。女とウマがあうようなことがあれば、宿主から平手打ちを食らった。誰も救いたいとは思ってなかったし、僕にどんな救いがあったとしても、時すでに遅しだ。彼女たちを引き留めることもない。

これまでの人生で最長の交際期間は一年半だ。クラールチェという名前の、幼稚園の先生と。グループセラピーで出会った。僕たちは二時間の間、他のメンバーをとにかく疑り深くながめていた。近親相姦の被害者や、司祭を辞めた神父ばかりだった。そりゃ良くならないといけない。そうこうしてるうちに、僕たちは目が合った。三日後には一緒に住み始めた。

勤務時間中、クラールチェは小さなカゴを編んだり、お絵かきをほめたり、靴ひもを結んだり、「おおきなくりのきのしたで」を歌ったりした。家に帰ると、ウィスキーのボトルを半分空け、僕の上にすわり、叫んだ。「もっと強く、強く、ああっ！」彼女は料理ができなかったが、その必要もなかった。僕たちは高級レストランに出かけては、会計前にトンズラした。二人でホテルの部屋をぶっ壊したこともあった。クラールチェがカーテンからシャンデリアに向かって下着姿で飛んではしゃいでいるのを見ると、ちょっとした完璧なしあわせというやつを感じた。

僕たちはこれまでのこと、これからのことについて話すことはなかった。ただ二人でふざけて楽しく過ごしていた。彼女の笑顔は印象的で、かなりヒステリックで、セックスに対して飽くなき欲を持っていた。何度か僕が眠りに落ちるまで、勝手に性交してくることもあった。

ある晩、彼女は僕に言った。「妊娠してるの」

僕たちは長い間、静かに天井を見つめた。

「あまりいい考えだとは思わないな」と、ついに僕は沈黙を破った。しかし、自分の言ってることが正しいのか、確信が持てずにいた。

「決していい考えではないわね」と彼女は答えた。

それから僕たちと子供を主人公に、どんな最悪なシナリオが待っているかを言い合い、ゲラゲラ笑った。彼女は激太りし、それをいつか身体から押し出さないといけないなんて、想像がつかなかった。

僕たちはあらゆる点で意見が一致して、病院からの帰り道、二人同時に泣き出した。

「たぶん、いい考えだったのよ」と彼女は言った。

「僕もそう思う」と言った。

僕たちは涙をふり払い、キスをし、互いを救おうとするのはやめようと心に決めた。その後、僕は彼女と一度すれ違ったことがある。娘の靴ひもを結ぶと、彼女はにこやかに会釈をした。


飲み屋には閉店時間があり、僕の国では雨がバケツ水のようにたびたび降りそそぐので、夜の最悪な時間帯のほとんどを、自宅を囲う四方の壁の中で過ごした。ベッドに寝そべり目を閉じると、時折、僕の脳が数分間にわたり、まぶたの裏に向かって爆発の閃光を放った。運が良ければ、閃光は太陽の黒点に変わり、それを手の平から指の間へとすべりこませた。そうすると、僕は眠り、しばらくフレーデリクの背中に乗って波にぷかぷかと浮かぶようになることがわかった。そうして心の乱れを落ち着かせていた。

それが長年にわたり、すっきりとした眠りに伴い、繰り返し見てきた夢だった。この恵まれた状況が長続きしないことはわかっていたから、マッコウクジラと話すなんてリスクは冒さなかった。彼のことばで目が覚めるのを恐れた。だから僕はあお向けに寝そべり、手のひら越しに太陽をじっと見つめた。うちの海は静かで、カモメは僕たちに見向きもせず、岸はまったく見えない。

向きを変えるたびに、ふいに眠りにつけそうな気分になることがあった。その時、心は完全に無意識だった。ただ感じられるのは、ふわりと軽くなった腕が僕の腕を包みこみ、温かいおなかが僕の呼吸に合わせて動き、頭蓋骨が僕のおでこを押す感覚だ。完璧な抱擁というのはほぼ不可能だ。起きてる時はなおさら。でも身体というのは、この世の雑音が再び聴こえてくる間際に、夢の最後のため息の中で完璧な抱擁をかたどることができるほどの記憶を持っている。

僕がマーヤに出会った夜は、奇妙に始まった。その日は食糧を口にしないまま、時間がだらだらと流れていた。朝の習わしに従い、パン屋に行ったのだが、扉は閉まったままで、店は空っぽだった。窓にはカードボードが貼り出してあった。ケーキに書いてあるメッセージでおなじみの丸文字で、「あなたのパン屋は現在人生を謳歌するため、海外にいます」と書いてあった。置き去りにされた気分だったが、やむを得ないと思った。定休日と同じように、卵を二つ焼けばいい。しかし、まだあと数日間、アイデンティティのないまま過ごすという展望は、空腹を封印させ、通りに面したトーチカの窓に、僕を拘束した。

　僕はリュックサックを背負って自転車に乗る人々、古いメルセデスに乗って激しい音楽を目一杯かけるトルコ人、学校の門に駆けこむ親たちに地図を見せる迷子の観光客が行き交う様子を見ていた。僕の視界は屋台から薬局までの範囲だ。中間地点にある二軒の家には足場がついていた。片方の家のファサードはサンドブラストの工事中で、もう一軒は窓枠を塗装中だった。ペンキ職人は、手にしたサンドイッチで砂吹き職人の丸パンを指さし、中身が何か尋ねると、相手は「フィレ・アメリカンだ[*1]」と答えた。それ以上は互いに伝えることがなく、疲れた様子で水筒を空になるまで飲み干した。

　親たちは自分の子供を見つけた。一人の子供が頭を上げこちらをじっと見ると、僕は開いた窓から手を振った。でもその手にこたえる間もなく、母親が慌てて子供の手を引っぱっていった。彼女たちの目には、僕が潜在的な「危険な地下室の持ち主」に映っているようだった。あの愚かなヤギたちも、分別があればたぶんわかるはずだ。二階に住んでるやつが地下室の所有者だなんて、理屈に合わないということを。

　僕の部屋の下にはモーリタニア領事館があった。誰もそこに来たことはなかった。

夜になり、星がないので月を見ていた。三時には紅茶を飲み、卵を半分食べた。母が自転車でやってくるのが目に入り、コップをカーペットに落としてしまった。母はうちの窓の下にいて、若いままだった。神経質にタバコに火をつけると、すばやく建物の中に入った。

窓ガラス越しに、彼女がベルを鳴らす様子を見ていた。彼女は光の当たる場所、僕は暗闇にいたから、密かに見張られていることに気づいてないようだった。怪しむ様子もなく、彼女は奇妙な趣味を続けていた。熱狂した目つきで、髪は短く、笑い方もちがっていた。僕はふつふつと沸き起こる思考を落ち着かせ、母に似た若い娘を、うっとりと見つめていた。

＊1　生の牛肉にスパイスやマヨネーズを和えてタタキにしたもの。トーストやバゲットにぬって食べる。

部屋の輪郭がぼやけて見えるが、よく考えるとそれは私の容体が不安定なせいではなく、近眼のせいだった。医者か看護師かわからないが、わざわざ私のコンタクトレンズをはずしたせいで、ぼんやりとした視界のまま復活させられていた。

私はまず、一番間近にあるものを見ることにした。重い腕で毛布を持ち上げた。嗅ぎ慣れないせっけんの香りが鼻孔を突いた。身体を洗ったのだ。不快感におそわれた。もちろん、ここでは日常的なこと、人の身体を洗うなんて。それでも嫌な気分だった。私は救急車に乗せられたのをおぼろげに覚えていたが、そのあとすぐに気を失った。たぶん、全身クソまみれだったのではないだろうか。健全な看護師が、二人がかりで私のぐったりとした身体を効率よく回転させ、平然とみがきあげる様子を想像してみた。そんなことあってはならない。幅が広い黄緑色のナイトガウンを着せられ、その下で細い管が丸いシールで止められていて、胸の美観は損なわれていた。左脚は未来派のような支柱にのせられていた。マガレ！　と念じたが、脚はそれを拒否した。身体中のカラフルでムラのある形に浮き出た斑状出血《はんじょうしゅっけつ》は、ボディペインティングのコンテストに出れば、賞を取れそうだった。私は毛布を下ろし、太い首用コルセットの上からつき出た頭を手で触ってみた。右の頬は腫れ、鼻と唇はかさぶたの下に埋もれていた。おでこから頭皮にかけてあお向けのムカデのように、縫合がうねっていた。髪は剃られていた。そんなのたいして驚くことじゃない。最初のうちは自分の柔らかい頭をただ興味本位でさすっていたが、しばらくすると、その手つきは優しくなっていた。

「起きた？　おねえさん？」

激しく刺すような痛みにおそわれながら、私は声のする方に一気に頭を向けた。目をすぼめて、隣のベッドにいる女をなんとか見ようとした。なぜ、コンタクトがはずされたのだろうか？　レンズがないと、いつも極度に不安になる。視覚的に歪められた現実を前に、自分の妄想が勝手にはたらくのがわかった。その人がおばあさんだというのは推測できた。声からわかる。彼女はライラックの形をした帽子をかぶっているように見えた。ベッドの横のテーブルには、卵色のリボンの山の上に、イエローダックが鎮座していた。

「目はいくつ？」と彼女は尋ねた。

何のことだかよくわからずにいると、彼女は具体的に説明した。「ほら、度数のことよ」

「左目はマイナス四・二五、右目はマイナス五・七五」より正確な数値を言うべきところだが、この際どうでもよかった。

「すばらしい」と彼女は言うと、うれしそうにテーブルの引き出しをつかんだ。手いっぱいに赤い指ぬきを取り出すと、一つを口に入れた。探し物をようやく見つけると声をあげ、それを頭の横に持ち上げた。リモコンかペンケースあたりか。

「予備のメガネ！」勝ち誇ったように彼女は叫んだ。「横になってて、おねえさん、そっちに行くから」

ものすごくゆっくりと、床にピタリと足をつけた。手をテーブルに置くと、しばらくそのますわっていた。立ち上がるにはかなりの集中力が要求されるようだった。私は彼女が転ばないか心配になり、ベッドから出ようとした。

「そのまま横になってて」と彼女はきつい口調で繰り返すと、身を起こした。そして足を引きずりながら私のところにやってきた。ベッドのそばに立ち、私の手に革の小箱を押しつけた。柔らかくシワのある指で、私の指にそっと触れた。その小箱を開けて、私はぎこちなくほほえんだ。このメガネは、おそらく一九八〇年代初めに大流行した例の型だ。パンダの目みたいな形のレンズは、青白い光を放ち、テンプルには「サニー」の文字が燦然《さんぜん》と輝いていた。私はそれを鼻にかけて、ベッドのそばにいる女を見た。かなりインパクトのある髪型をしたその女は、手を振っていた。

彼女の名前はオルハと言い、今年で七十三回目の春をむかえ、フリット屋台[*1]で生計を立て、彼女の言い分では架空の病気を理由に、定期的に病院で世話になっているとのことだった。「もう家には誰もいないのよ、おねえさん。前は弟とずっと一緒にいたんだけどね」と天を見上げると、その後、「まーあ、いや、ねえー……」と間延びしたことばがついて出た。

弟のスワは長年オルハのそばにいた。家でも、フライヤーの前でも。二人は別の仲良し兄妹と、それぞれ三十年もの間結婚していたが、その兄妹はそれぞれ心筋梗塞と悪性腫瘍で、早くに亡くなった。スワとオルハは再び互いに寄り添うようになり、フリットはこれまでにないほど味が良くなった。オルハが言うには、スワは一度に三人の客をさばくことができた。そんなに仕事のできる人、いないでしょ、と私に言って聞かせた。いつも二人で一つ、そんな日がいつまでも続くと思っていたが、スワが毎年恒例のハト連盟の福引でルルド行きのバス旅行を当てて、すべてが変わってしまった。「礼拝をやってるようなところ、行くもんじゃない」と彼はいつも言っていた。でもフランスには行きたがった。ブリュッセルを過ぎたところでタイヤ

*1　日本のフライドポテトに似たビンチェ芋のフライ。ベルギーの街角には専用の屋台がある。

がパンクし、バスはぐらついてガードレールに突っこみ、その下にある高速道路に転落した。五十人の乗客のうち二十四人が亡くなり、その中にオルハのスワも含まれていたのだった。

「そういうわけで、ここにいるの。食事はいまいちだけど、話し相手がいるだけましね」こう自分の身の上話をすることを正当化して、話を完結させた。彼女は静かにベッドのそばにある黄色いランの葉っぱを、親指と人さし指でつまんでこすった。視力を矯正するものがない状態では、リボンの山とイエローダックに見えていたやつだが、それは私あての花束だった。オルハがうちの姉のソフィーに、彼女のテーブルに置くように指示したのだ。眠ってるんだから、どうしようもないでしょ、と言って。ソフィーが羊のように素直に言いなりになったのは、容易に想像がついた。


「一体、何が起こったんだい、マフダ?」

オルハは私の名前を覚えられなかった。名前のつづりを三回も教えたが、三度目に教えた時、「ああ、ミツバチのね!」と叫んだ。それでも彼女は私のことをしつこく「マフダ」と呼んだ。私の新しい名前は、村のスーパーや安い冷凍食品ブランドの名前みたいだった。ただ、おねえさんと呼ばれるよりはましだった。それに、過去の名前を聞く必要もない。まるで病院にたどり着くまで、何事もなかったかのような気分にさせてくれる。私は丸坊主で青いパンダメガネのマフダ。新たなスタートにはもってこいだった。

「トラック事故にあって。あまり覚えてないの」

「あらまあ」とオルハは言い、静かに大げさな振る舞いをして、続けた。「そう、トラックね……」

「トラック」と私はうなずきながら言った。

会話が途絶え、私は沈黙に耐えられないことに驚いた。私は、むしろ沈黙こそ人を豊かにすると思うような人間でいたいのに。沈黙は受け入れられてしかるべき、大事だとさえ思っていた。沈黙を埋めたいという衝動は、愚かな会話を生み出すだけ。しかしオルハは私と同じく、話さずに隣り合っているのは耐えられない人間だった。病院での一分は、外の世界で言うところの一時間に相当する。話をするしかない、ニワトリの話でも、ウサギの話でもいい。

「映画は観にいくの？　オルハ」と尋ねてみた。望まない沈黙は、なるべく早く埋めるべし。返事を待つ時間が長くなればなるほど、最初に言ったことばが愚かに聞こえてくる。

「マーロン・ブランドが映画に出なくなってからは、観てないね。ブランドに夢中でね。ハリウッドの自宅を訪ねて、住みこみシェフにしてもらおうと思ってたくらい。〈フレンチ・フライはベルギー発祥です。あなたのために作ります〉って言ってね。でもうちのスワに引き留められて。それでタトゥーを入れたのよ、ほら、ここに」

オルハは袖をまくって肩を見せた。深緑色の文字はにじんでいて、昔は腕が引き締まっていたことを思わせた。それでも、「ブランド命 Brando Forever」と書かれたその文字は、よくぞ時間《とき》の攻撃に耐えてきたと思えた。しかし、俳優への愛は、すでに地ならしされていた。まだブランドを慕ってるか、聞いてみると、オルハは何言ってるの、といった表情で、こう答えた。「マフダ、あの人がどれだけ太ったか知らないの？ しかも気難しい人らしいじゃない」

そこでこの話題についての話を終えると、オルハはテーブルの引き出しを再び探り始めた。タバコを一箱手に取ると、姿勢を正した。

「タバコは？」

私はうなずき、そういえば長らく吸ってないと思った。今がまさに辞めどきだった。オルハの考えは違った。ロボットのような足取りで、部屋の片隅に駐車してある車椅子のところまで歩いていった。身体を起こそうとすると、胸に貼られた丸いシールが目についた。

「オルハ、私ベッドから出られないわ」

「そのヒモを引っぱればいいのよ、マフダ」

「でも……」

「心臓は動いてる、それとも動いてない？」

動いてる。私はヒモを引っぱり、その下に残っている赤い丸印を見た。オルハは私のベッドの横に車椅子を寄せた。注意深く、私は曲がる方の脚を床に置いた。固定された方の脚をベッドから立ち上げるには、腕の支えが必要だった。まるで他人のものみたいだ。

「いつまでこんなのが続くの」と私は息を呑んだ。

「運動療法で奇跡が起こるわ。肩貸してあげる」とオルハは言った。

少しして、オルハは私を押しながら病院の長い廊下を進んだ。怒った看護師に連れ戻されはしないか、見舞い客に怪しまれないか、ドキドキしていた。しかし、奇妙なことに、行き交うキャスター付きベッドや退屈した子供たちに紛れて、気づかれなかった。私は天井からぶら下がる喫煙コーナーの案内板を指さした。オルハは首を振り、廊下の少し先まで行くと、食堂の入り口に出る別の廊下を進んだ。

「食堂に行きたいの?」と私は尋ねた。

「いや、ここでいいの」とオルハは言うと、禁煙とはっきり書いてある大きな貼り紙のところで、車椅子を止めた。私は貼り紙を指さした。

「楽しいでしょ? やっちゃいけないことするのって」オルハはいらだったそぶりで言った。そして私が何も言わないうちに、口にタバコが突っこまれ、火が点《つ》いた。私はニコチンが足のつま先までほとばしるのを感じた。

私は坊主でパンダメガネをかけたマフダ。隣には太り、気難しくなった俳優に捧げたタトゥーのある女友達、オルハがすわっている。運動療法は奇跡を起こし、私たちは禁煙スペースでタバコを吸う。物事は時に驚くほどシンプルに起こる。

毎日、私には誰かしら見舞いが来た。ここ数年会ってなかった親戚や友達が、実在する孤独感を妨げようとしているのか、完璧に計画された見舞いのようだった。確かに効果はあった。何かしら心を動かしてくれた。気を張った状態で、廊下から近づいてくる足音を聞き、今日の午後は誰が私のベッドにすわるのか、予想した。つまらないおばが来れば、落胆する気持ちを善意に満ちた感謝の気持ちに変換した。トリップコースのミリアムママがこれを知ったら、大感激だろう。

大抵、見舞いは二人組でやってきた、苦痛な沈黙を回避するためだ。おっかなびっくりの好奇心で私のところにちょこまかやってきて、うわべのキスをした。私は毎回お決まりの、申し訳なさそうで愛敬のある笑みを浮かべ、新しい出で立ちによるショックを和らげようと努めた。見舞い客はたわいもない冗談を言い、慎重にことばを選んで私の状態を尋ねて、テレビ番組、王室、同好会、興味深い魚料理、極右政党の台頭、格安で行ける旅先の話をしたかと思うと、思わず私の健康の話に戻ってしまい、すぐに腹立たしい列車の遅延、知らない人の恋愛話、外壁の改修、失業者の増加、教訓的な歌詞、政治スキャンダルや天気の話に戻った。

両親でさえもめずらしく二人そろって現れた。数分間はいつものしあわせだった時代の思い出話に夢中になり、意気投合したかと思うと、私の方を見てため息をつき、けんかのネタを見つけて、控えめに口論しながら病室を後にした。そんな様子に、私は妙な親近感を覚えた。

カッチャとブラムもめずらしくお見舞いコンビを組んで姿を見せた。カッチャは部屋に入るなり「もう三日も下痢なんだわ」とか「モザンビークに一ヶ月行くの」というメッセージを発信し、ブラムはお見舞いの品を手にして、彼女の後ろにダラダラとついてきた。

すべての見舞い客が帰ると、オルハとテレビのクイズ番組を見た。自分の一般常識のなさを、私は嘆いた。オルハが素早くほとんど正解するせいで、知識の乏しさが際立った。「マフダ、テレビというものが登場した時代から、私はクイズ番組を見てるんだよ」と誇らしげに言った。そして自分の頭をトントンとたたいた。「そして、記憶力ね。屋台で鍛えられた」

最後のクイズが終わると、彼女は投げキッスをしてすぐに眠りについた。私はバリウムのピルを飲みこみ、暗闇の中、見舞いのことを考えていた。時計の針が動くにつれ、不在の人しか頭の中に残らなくなった。モーター付きの馬に乗ってどこかに消えた王子は、私がどこにいるかなんてわからないだろうが、ブノワとレムコはきっと来てくれると自分に言い聞かせ、気持ちを落ち着かせた。二人はベッドの両側に腰掛け、私の手の甲を涙で濡らす。「まあ、まあ」と私は言い、許しのことばをかけて、もう大丈夫よ、とつぶやくのだ。

ベルのそばの戸口で、僕は彼女の遊びを洞察していた。自分以外、もう何も失うものがない不眠症らしく、表情は不気味なほど陽気だった。消え去った静けさのせいでひきつった指で、表札を撫でていた。腕の筋肉はこわばり、脚はハイヒールのせいで時折ぐらついていた。しかしくすんだ瞳の後ろでは、迂回路を探すよりも裂け目を作ろうという力で、溶岩流が荒れ狂っていた。僕はその様子を見て、思い出にひたることができた。毛穴からは、母の危うさも、熱っぽさもにじみ出ていた。

わかりやすい理由で、僕は教会に行ったことがない。神が自分の創造物の衰退を、ただながめているかもしれないと思うと、吐き気がした。だから、常に神の存在を否定し続けた。しつこいエホバの証人に、前回、未来を信じるか尋ねられた時には、堂々とこう答えてやった。

「ちょっと前に見た広告の看板によると、未来は明るく、オレンジ色だそうですが、僕の節度ある見解では、未来はまだまだ黒いと思いますよ」

僕は「運命」とか「宿命」といった概念を、頭の中で統合したことがなかった。僕の人生は悲しい偶然と誤った選択の連鎖でできていると思っていた。メタファーやシンボルというのは物語の世界にあって、現実世界には存在しない。自由に選んだ断片たちが、いい加減に積み重なってできているのが現実だ。

しかし、母に似た、眠れぬ娘が、すべての断片は結局ぴたりと合わさるという話をしに、僕のところへやってきた。彼女は僕の人生第一幕の分岐点がどこにあるのか指摘し、そこから第二幕がどう上がるのか、はっきりと示してくれるだろう。彼女演じる主人公がアンチヒーローを助けにやってくる場面では、笑いながら話をはしょり、すぐに結末にたどり着いてしまうだろう。食べ物で作った顔を手にして調理台から僕のところに向かう様子が、スローモーションで現われるだろう。そして、僕は目のくらむような感情に打ちひしがれ、涙を流しながら彼女の額にキスをするのだ。

彼女がデ・ヒーター宅のベルを押した夜、僕はインターホンの受話器を手に、待機していた。

彼女の声は母より力強く、うちの海のあたりのなまりもなかった。でも、自分の心を満たしてくれそうなことばを引き出すべく、何を聞くかを考えた。

「眠れない？」これがまず、彼女に僕の姿を見せた時、尋ねた質問だった。「ほとんどね」と彼女は言うと、だまりこんだので、ここで「なぜ？」と尋ねるべきではないと、思いとどまった。

「僕みたいだ」と言うことにした。

「なぜ？」と彼女は聞いてきた。

僕は肩をすくめ、何か飲みにいかないかと誘った。彼女はどこも開いてないと思っていたから、カフェ・スポーツに連れていった。隅の長椅子では、年老いた男が口を開けて眠っていた。その奥のテーブルでは、一人のジャンキーがその年寄りをぼんやりと見つめていた。ここは若い女を最初のデートに連れてくるような店ではないような気がした。

マーヤはバースツールにコートをかぶせ、その上にすわった。膝を持ち上げて、熱心に巻きタバコを作り始めた。

「こうしてると、君はリスみたいだな」と僕は言った。彼女にはウケたようだ。

僕は彼女が白ワインをゴクゴクと飲み干し、おかわりする様子を見た。グラスを唇につけると、まつげ越しに僕を一瞥《いちべつ》した。

「そう、最近よく飲むの。もう気にしてないけど」大声で言いながら、パールの造花の枝に髪が絡まり、いらだっている様子だった。

「強い女って、よく飲むよな」と僕は言った。

「もしかして、ヒューホおじさんとは知り合いなの?」と彼女は尋ねてきた。

冗談だと思って、肯定的な返事をしてみた。すると、彼女は僕が思い描いた甘ったるいイメージとはおおよそ違う、子供の頃の話をしてくれた。話の終わりで、僕を驚いた顔で見つめて、こう言った。「ねえ、そんなふうに見ないで。昔の話よ」

「昔かどうかで変わるような話じゃないだろ」

「そうかもしれない。でも人生先に進まないと」

「どっちに?」

「どっちでも。先のことはあまり考えないようにしてる」

「でも、記憶はずっと心にも残るだろ? 頭だけじゃなくて」

「啓蒙活動の人なの、デ・ヒーターさんって?」

僕たちは笑った。

「ところで名前は?」と尋ねた。

「マーヤ」と彼女は言うと、僕が伸ばした手を、冷たく短い指で握った。

マーヤにどういう印象を与えたいのか、僕にはわからなかったが、何らかの印象を残しておきたいことは確かだった。おもしろい質問をして、できる限り笑い、時にはシャレも飛ばして、自分の動揺を抑えようとした。僕は嘘をついた。自分はかつて、スイミングプールを所有していたと話した。金持ちだったと。信じてくれると願って。もし彼女が僕の墓碑のことばを考えてくれとお願いされれば、こう答えるだろう。「惨めさはブノワ・デ・ヒーターを支配しない。すべてを手にした男」とか。そんなところか。

思春期の青年のように、自分を良く見せようと忙しく頭を働かせている間に、僕は繰り返し彼女の名前を唱えることで、今、目の前にいるのは子供の頃一緒に眠っていた女性とは別人だと、自分に言い聞かせようと努めた。すると彼女は解釈不能な視線を向けてきた。いろんな眼差しがあったが、どれも複雑な心境を映し出しているように思えた。

「自分の目が好きじゃないの」彼女はそう言ったことがある。「目は心の内を露わにするから」

僕にとって、彼女の目は神秘性を帯びたままだった。ユーモアのうちに秘められた苦悩の気配、夢見がちな雰囲気に沈めた深い悲嘆しか突き止められなかった。そして、彼女の話も矛盾していることが多かった。

彼女はよく自分のことを詳しく話したが、人を寄せつけない距離感があって、だんだん質問する気が失せてしまった。彼女は奇妙に、そしてはっきりとした目的を持って、僕の人生に押し入ってきた。僕は主に聞き役に徹した。

僕たちはその月の二十六日、失業手当給付所で会う約束をした。苗字の最初の文字がアルファベットの後ろの方なので、彼女は女性の最後の方で青いカードに判をもらっていた。その後は男性の失業者の番が来る。

ハンコ一つをポンともらって外に出ると、彼女が待っていた。一年のこの時期にしてはかなりの薄着で、腕をさすって身体を温めていた。マーヤ、マーヤ、マーヤ。何てかわいいやつだ。そこに立ってぼんやりしている様子は、不眠、怒り、酒癖とは無縁だ。僕は百三十センチになって、脚に向かって走っていってしがみつき、お腹に頭をうずめたい気分だった。

僕がじろじろ見ているのに気づき、彼女ははにかんだ。今回の空気の澄みわたる朝と、前回会った場所のコントラストが、予想外の親近感をかもし出した。いつもは夜に会っていた。外やカフェで。互いの家の中を見たことはなかったし、行きたがることもなかった。彼女が僕に対して演じている役まわりが、頭の中で徐々にはっきりとしてきた。僕をリードする役。だからそこにいた。それでも、あどけなくとまどいながら挨拶するところや、まだ濡れた髪から香るフレッシュなシャンプーのにおいやブラジャーの肩ひものレースが、小娘らしさを際立たせた。いまどきの女は、僕が彼女くらいの年の頃はまだ生まれたばかりだったし、決して恋に落ちてもいいような相手ではなかった。

僕たちはテラス席でコーヒーを飲み、遊覧船が行き交う様子をながめた。僕は彼女の手を取り、観光客に向かって、「おーい！　はあい！　今日はめっっっっちゃ楽しい！」と手を振りながら叫びたい気分だった。でも僕はだまって彼女に見とれながらおしゃべりを聞いていた。彼女は飼い猫の話をした。わがままな性格らしく、彼女も一日ペットか鳥になってみたいと言った。彼女は雄牛と会話したことがあると断言した。

「何についてだ？」と僕は楽しげに尋ねた。

「まあ、子牛がどうとか、たわいのないことよ」と彼女は言った。

僕はどっと笑い、彼女も一緒に笑った。なんてきれいな歯をしている。真っ先に、やっぱり、やっぱり、一緒に風呂に入り、水の中、泡の中、胸、脚、尻を見て、うめき声に突っこみたい。クソ！　僕はジャケットのポケットから小銭を探し出し、テーブルに置いた。「また今晩」と言った。彼女は驚いた様子でうなずいた。彼女の視界から僕が消えたのを確認して、僕はがむしゃらに走った。


眠れぬまま、せっかく晴れた日の残りの時間、ベッドから寝室の窓をながめていた。そんなはずない。おそらくもう二度と会わない方がいい。僕に寄ってくる理由があるか？　僕の負け犬人生をあの娘に押しつけられるか？　母に似ているのは悲劇的な偶然でしかない。夜になれば、僕は彼女にこう言うだろう。「いや、おじょうさん、いや、それは無理。仲間にはなれない。白髪だし、悪い男だし、寝たいと思ってるのだから」彼女が泣くのに備えて、ティッシュペーパーを用意しておこう。

黄昏時になって、彼女をカフェ・スポーツで見つけた。彼女はカウンターで、医学的な睡眠に関する研究書をさし出した。見覚えのある本だった。

「私と一緒に踊りませんか、ブノワさん?」少しすると、彼女はフランス語で大げさにはきはきと歌い出した。黒いマスカラが頬やこめかみに染みつき、口紅は唇からはみ出ていた。でもここにはラインズマンもマナーにうるさい人も、上司もいない。

「ええ、女王様、もちろんです」僕もフランス語で返すと、彼女の腰に腕を回し、手と手を合わせた。フリーダは僕たちをからかって、乏しい音楽コレクションをあさり始めた。少しして、ジャック・ブレルの「華麗なる千拍子」がジュークボックスから鳴り響いてきた。僕はくるくると回した、女王様を。彼女は頭を首にもたげて笑った。まばらにいる他の客から拍手の音が、うちの海のざわめきのように流れこんできた。僕は髪からポタポタと落ちる塩気の味見をし、母が足で砂浜に描いた円を見た。一、二、三。一、二、三。もっと速く！　もっと力強く！　僕は母の腕を正しい方向に引っぱった。マーヤは宙に浮いているかのようだった。彼女の目は輝いていた。止まるな。止まることすら考えるな。永遠に止まらせるな。彼女は僕を救ってくれる。救おうとしてくれている。

僕たちは息切れして、汗をかき、彼女は僕のほてった頭を両手で包んだ。フリーダや客たちは立ち上がり、叫んだ。「アンコール！」

「泣いてるの？」と彼女が聞いてきた。

「まあな」と僕は言うと、笑った。

「私たち、仲間よね？　ブノワ」

「もちろん」


二日後の夜、マーヤはインターホン越しに困ってるの、出てきてと叫んでいた。僕は受話器を下ろし、どうすればいいかわからずにいた。僕の無能さは明らか、いいアドバイスなんてできないし、僕の自意識を知れば彼女は不信感を募らせるにすぎない。僕はアパートを歩き回り、その場でおとなしくしていた。彼女が永遠にいなくなるまで、ここでじっと待とうと。再びベルが鳴った。「今行くよ」と僕は言った。そして急いで階段を降りた。

彼女の心境はメロドラマ的ではあったものの、その様子は痛々しかった。僕は彼女を「フランキー&」へ連れていくことにした。笑わせることで、彼女の心にへばりついた痛みを取り除いてやろうと思った。

彼女は転んだ。不気味な笑みを浮かべて頭を後ろに投げ出し、ぼんやりと僕を見つめた。その一秒後には、寄せ木張りの床に、胃の中のものをすべて吐き出した。彼女を抱えようとしたが、フランキーの方が早かった。彼だって大きな心の痛みを抱えていたが、床をいつもピカピカにみがき、酒も避けていた。絶望で共倒れなんてもってのほか、我慢ならなかった。フランキーは彼女を外の石畳にそのまま放り出した。

彼女は手を擦りむき、真っ赤な歯を見せた。「金《きん》とバラよ、ブノワ。金とバラだ、このやろう！」とはしゃいでいた。僕は彼女を蹴って殴ってやりたい気分だった。彼女の行動のせい、僕に植えつけたイメージのせい、僕のナイーブさのせいだ。僕は彼女の腕を肩に抱え、うちの通りのところまで支えていった。階段を上がることができなかったから、彼女を抱えて部屋まで上がった。彼女は汗ばんだ手を僕の頬に当てていた。彼女をソファに寝かせ、靴を脱がせた。彼女の視線はアパートを動き回る僕を追っていた。ベッドで背を向けて横になると、後頭部に彼女の視線がつき刺さり続けた。頭蓋骨を通して僕の心を読み取ろうとしているなら、すぐに止めるべきだ。彼女には何の関係もない。何もかも関係ない。特に彼女に似ている強い巨人には。ホラ吹きの泥棒のように、マーヤは僕の秘密の部屋の鍵をこじ開けた。すべての引き出しをひっくり返して、汚い足跡を残して去った。最初の日の光が差しこめば、夜明けの中に放り出してやる。ロクでもない女だ。

僕の怒りは、パニック発作で収まった。彼女がシャワーの下で泣いているのが聞こえ、僕はこの憂鬱と絡まる同情に、どう対処すればいいのかわからずにいた。キッチンの棚から皿を取り出して、彼女に何か作ろうと思った。食べ物、何か特別なものを。一気に冷蔵庫を開けると、卵が二つ、ドアのラックから落ち、黄色い涙を流したおどろおどろしい目に変わった。罵《ば》声《せい》を浴びせて、僕は皿を投げつけた。

彼女が部屋に入ってきたが、その朝のたたずまいに、僕は完全に混乱した。僕のシャンプーの香りを漂わせ、ノーメイクだった。彼女が破片をかき集め始めると、僕はもう何も隠せなくなった。

「君は子供だ、若い……」

彼女はゆっくりと立ち上がり、僕のももの内側を撫でた。小さな手を股に置き、優しくつねった。

「あなたはそんなに……」

顔を僕に近づけ、見上げた。彼女の目はまさに底なしブラックホールだった。大胆なあえぎ声と膠着《こうちゃく》した苦悶の声以外、何も耳に響いてこなかった。僕は彼女のパンティを下ろし、涙を流した。こういうことにならないよう、必死に願ってきた。彼女は無言ですべての筋肉に力を入れた。僕はすすり泣きしながら、無になった。

ソフィーはひとりでやってきた、口数は少なかった、キラキラとした笑みを浮かべていた。その三点のせいで、姉とはそりが合わなかった。彼女は私のおでこに優しくキスをし、静かにすわり、私の話をにこやかに聞いた。三度目の見舞いを経て、三つ目の行為は誤解であることがわかった。彼女は私の話をちっとも聞いていなかった。頭はどこか他のところ、私のそばに置いたフラワーアレンジメントの色とりどりの葉っぱの間に挟まっていた。

私は彼女をなめるように見た。私と同じ鼻、同じ手があるが、類似点はそこまでだ。奇妙なことに、そんな認識をしていると、記憶の中の一番古い思い出におそわれた。おかしなことに、その話の中でも彼女が主人公だ。私は二歳の頃、まだオムツが取れずにいた。何時間もおまるの上で放置されたような気がするが、洗面台の蛇口から水が跳ねても、私の膀胱《ぼうこう》は空にすることを拒んだ。あまりのいらだちに、私は泣きじゃくった。すると、五歳のソフィーが静かにトイレに入ってきた。私の前に立つと、赤くなった顔を両手で包みこみ、口にチュチュっとキスをしてこう言った。「おしっこよ」当時のマジックワードだった。おかげで私のおまるは温まった。

私はパンダメガネの背後から、ソフィーのつぶらな青い瞳を探した。まだぼんやりと花を見つめていた。

「元気？」と私は尋ねた。

「まあ」と言った。「今、あなたの家に住んでるの」

彼女は最初に選んだ男と、しあわせな結婚生活を送っていた。ディルクという名の男で、名前から想像つくとおり、かなり退屈な男だった。結婚式の披露宴は、細部にわたり心くばりされていた。高級だが見た目は控えめなヴィラの芝生のように。彼らはつま先から指先まですべてそろい、学習能力にも問題のない男の子と女の子が欲しいという願望をかなえた。子供はディルクの母親の希望で、カトリック系の小学校に通っていた。

月曜日と火曜日、ソフィーは水圧ポンプと水処理タンクを扱う会社で会計の仕事をしていた。同僚の「営業」の人たちは、セックスと下世話な話に興じていた。そんな職場でも、週二日なら耐えられた。自宅では、清掃員、シェフ、母親として完璧な効率性とあっといわせる工夫を披露し、ママ友たちと優劣を競っていた。頻繁に会うわけではないが、それでもその友達と言える人たちが家にやってくると、ソフィーを褒めそやすしかなかった。それで、自尊心の塊が彼女を包みこんだ。彼女は完璧な生活を手にして、謙虚さを保つことができた。算数の問題のミスを見つけ、カーペットの綿毛を拾い、けんかする子供たちをなだめた。子供部屋、車、冷蔵庫、メイクボックス、納税の申告、どれもきちんと秩序が保たれていた。

ディルクは昇進を重ねていた。辛抱する木には金がなった。庭いじり担当はディルク。ソフィーはキッチンから彼を見て、だまってて良かったと思った。何が言えると言うのか。彼は時々女に会っていたが、ソフィーの元に戻ってきていたのだから。それだけが重要だった。しかし、ディルクの受信箱を見るという奇妙な衝動に駆られてしまうのだった。夫がパスワードを入力している最中、なぜ、自分がこんなにも彼の指の動きに集中しているのか、わからなかった。疑ぐり深い性格ではないし、どの夫婦も長い間一緒にいれば、ベッドでの営みも下り坂になるものじゃない？と。でも、女の名はサスキアと言い、彼女は楽しんでいるようだった。「うーん……」と。

もちろん、ソフィーはそれを悲しんだ。でも彼女はラザニアを作り、そんなのいつか起こりうること、と自分に言い聞かせた。どんなにしあわせそうな家族にだって。そして子供たちを苦しめてはいけないのは明らか。帰りが遅い日は、必ずしもそれが原因ではない、そのたびに……。医者からは神経とホルモンの薬が出された。それでも、玉ねぎを涙で濡らし、木のスプーンを真っ二つに割ることもあった。パプリカをグツグツ煮る音に合わせて、ディルクの陰茎亀頭を包みこむサスキアの唇が目に浮かんだ。彼女の美しい身体はラザニアの上にかかるグリュイエールチーズのごとくディルクと見事に融合していた。言うなれば、オーブンの予熱が温まるほどまでに、身体を上下に動かして。

ソフィーはこの頃同じものばかり作っている、ということにディルクは気づいた。ラザニアがおいしくないというわけではないが、やはりいろんなものを食べることが大事だった。彼はおそるおそるそのことについて口出しした、彼らしく。ソフィーはうなずくと、二日後に再びラザニアを作った。そして気晴らしに、フラワーアレンジメントのレッスンを受けにいった。コースの講師、ガブリエルという人間の形をした天使は、ソフィーという創造物がこの世でもっとも美しいと思い、二人も子供がいるなんて、信じられないと言った。コース終了後、ソフィーは彼にコアントローを一本買い、皆が建物から出た後、彼に渡した。彼のアパートで二人は一本飲み干し、話をした。話しているうちに、突然、ソフィーの頭の中はすべてが真昼間のように明るくなった。均衡無くして秩序は保てない。一方で取り戻せない損害が起これば、他方に相応の損害が起こる必要がある。それ以上かもしれない。自分の首にキスをさせ、脚を彼の腰に絡めた。彼女はそれを楽しんだ。

翌週、ディルクにラザニアを置いた時、スーツケースの荷造りは済み、子供たちは心の準備ができていた。彼女は家の鍵を決まったところに掛け、彼が皿から顔を上げるのを見届けてどっと笑うと、彼にはおなじみの用意周到さでもって、家を出た。

「迅速な手続きに入るってことね」と私は言った。「それで？」

「様子見よ」と彼女は返事した。その声は悲しそうでもなかった。

ソフィーは自分で心の整理をつけたようだった。自分自身から逃げ出すことができたのだ。それにしても、私がほったらかしにしている家を一目見て、悪夢のようだと思ったに違いない。リハビリが終わったら、今や私の絶望的な怒りの痕跡、そして極限の無気力の痕跡しか残ってない部屋で、彼女に迎えられるのがどんなものか、想像してみた。

「子供たちはどこで寝てるの？」

「ああ、ちょうどそのことについて相談したかったの。あなたの書斎をちょっといじらせてもらったわ」

私が夜な夜な悲壮な詩を書いた、死に物狂いで自慰にふけった、飲みすぎで吐いてベタベタになったキーボードのある、あの部屋で子供たちは寝ているのか。不安だ。

前向きになろうという病院の精神状態にならい、私は落ち着いて考えるよう努めた。第一に、家賃を肩代わりしてくれる。第二に、もうひとりにならなくてすむ。マーヤおばさんは甥っ子や姪っ子が誕生日なら、クッキーを焼いたり、ガーランドを作ることだってできる。ちゃんとした職を探して、あのマーヤおばさんが、先生にだってなるかもしれないし、何だったらいい男に出会うかもしれない。そうすれば、物事のはかなさ、罪悪感、遺伝で背負う重荷、孤独感は選択されるものではないという事実、精神的不安定、物事に重要性なんてないということを、延々思いめぐらすこともなくなる。

人生再スタートを切ることだってできた。あれは本当に事故だったのか、なんて聞く人はいない。かの有名な生きるか死ぬかの問いみたいに、私が寄せくる困難に向かって武器を取りたかったんだとか、転倒したのは眠るため、たぶん夢を見るためだ、なんて推測する人はいない。

病院のスタッフは優しかったが、人手不足だった。医師はうつろに私の病状について、最初の二日は昏睡状態だったが、その後状態は「安定している」「良好」「快方に向かっている」と伝えてきた。理学療法士は確かにとても有能だった。毎朝身体を洗い、朝食を食べると、リハビリルームに連れていかれ、療法士は私が脚の回復に努めるように仕向けてきた。彼は適材適所の人間だった。私のなま足を手と指で覆い、ふくらはぎまで行ったり来たりして筋肉に刺激を与えるだけでなく、意志まで強くした。気持ちも良かったので、リハビリを長引かせるためにがんばらないという決断もあり得たが、彼をがっかりさせたくなかった。

理学療法の後は、最も人工的に構築された一日の中で、最も無秩序な時間が始まる。オルハとのゲームだ。お昼どきまで、彼女のとっぴな発想に付き合った。大概彼女が有利になるようなルールが詰めこまれたゲームだ。もし「何が見えるでしょう」ゲームで彼女が出題する番になると、お題は彼女にも見えないものになったりした。例えば観覧車とか、もちろんフリット屋台とかのたぐいだ。オルハの大好きな「歴史上の人物しりとり」では、いつも何度かやるうちに、ゲームの意味がないものになっていた。

「ジャンヌ・ダルク Jeanne d'Arc」

「チェ・ゲバラ Che Guevara」

「そうね、でもチェは呼び名よ」

「ジャンヌも」

「じゃあアドルフ・ヒットラー Adolf Hitler！」

「そんなにムキにならないでよ、オルハ。ラスプーチン Raspoetin」

「ナポレオン Napoleon」

「ノストラダムス Nostradamus」

「ドセイ Saturnus」

「それは惑星でしょ」

「ローマ時代の詩人でもあるのよ、マフダ、本当よ！」

オルハの子供じみたインチキに私がカッとなると、昼食時にはいつもなぞなぞで、私を笑わせようとした。「緑色で、すでに一度食べられていたものってなんだ？」とか「砂混じりで、壁に向かって打ちつけるとくっつくものってなあに？」とか。

オルハ・ヴァンデラウウェラは究極の鬱予防剤だった。彼女は強力なリズム、燃え上がる炎、そして騒音だった。面会時間まであと数分になると、彼女はゆっくりとあくびをし、私に背中を向けて眠るふりをした。

八日目の晩、病院のスタッフがナイトテーブルに睡眠薬を置くのを忘れていった。すぐに、まだ来ていない見舞い客が、容赦なく私の頭の中に現れた。やつらはやってこない。私の身に何が起こったのかを考えたくない限り。自分にそう言い聞かせた。

夜勤の看護師に出くわすことを期待しながら、片足を引きずり廊下を歩いた。しかし、看護師は睡眠薬を与えることを拒んだ。あまりにも丁寧に断られたので、それ以上ねだる気になれなかった。私は再び毛布にくるまった。ポールには誰かがいるだろう。レムコにも。あの二人は今頃静かに規則的に寝息をたてる平凡な女の腕の中だ。信頼できる平穏な女と。

私はなんとか向きを変えて眠ろうとしたが、うまくいかず、イライラして大げさにため息をついた。ブノワはおそらく私を思い出すことなんてないだろう。また別の奇妙な小娘に特別な存在だと思わせて、理解されたという気持ちを与えている。そして眠りにつくのだ。きっと私よりも眠っている。あいつは。私は元気な方の脚でベッドのヘリに蹴りをいれ、八つ当たりした。

「ちょっと、マフダ、本気?」

オルハの声は怒っているようだった。そして五分ほど、私を静かに泣かせてくれた。私の坊主頭にシワまじりの指が触れるのを感じた。

「ねえ、ちょっと大げさじゃない?」その声は優しくなっているように聞こえた。

私は自分が眠れないことを話した。始めから話した。

「私は子供の頃から睡眠を待ってるの。温かい家庭で育てられたわ。晩になると、親がそばに来て本を読んでくれたわ。読み聞かせの後はキスをしてくれて。キスの後は部屋が暗くなる。いつも同じことが繰り返されるの」

「おやすみ」

「おやすみ、相棒」

「また明日」

「また明日」

「よく休んで！」

「よく休んで」

「おやすみなさーい！」

「もう眠りなさいよっ」

眠りを祈る声が大きくなればなるほど、返事は遠ざかっていった。子供のころは恐怖も孤独も感じてなかった。それなのに、毎晩、新しい疑問がわいてくる。私は来ない返事をせっかちに待った。ベッドの横におかれた目覚まし時計がそれを証明した。ある夜、宇宙が無限大であることがわかり、あまりの大きさに思わず泣いてしまった。組み立てた工作、片づけた紙の切れ端、一人でいつも食べ切るパンの端くれなんて、あまりに無意味だ。学校の友達は私と同じくらい背が低く、先生もそんなに大きくない。朝目が覚めて、部屋着とスリッパを引っぱり出し、階段を降りると、家は空っぽで、両親と姉が姿を消したとしたら、私の悲しみは星のかなたに消えて無くなる。

その後、私は無限性そのものにも、何も重要性がないという発見をした。世界人口の四分の三が貧困以下のレベルに置かれているという事実も重要ではないように。場違いなのかもしれないが、それでも自分が確かに存在するという痛みを感じた。他人は同じように物事を見ていない。無限性と邪悪な不公平、この二点を自己発展の根拠とみなし、それに一生懸命向かおうとしている。彼らの考えは真っ当で、幸福を恐れていない。淵の手前でブレーキをかけ、なるべく頂点に残ろうとする。私は違う。幸福を察知すると、真っ先にそこに突っこんで玉砕する。それが、私なりの熱狂だ。

暗闇では、オルハの口角が下がっているように見えた。長く続く緊迫した沈黙の中、私は自分の口を開いたことを後悔した。

「かわいそうに、おねえさん。そういうことで頭が痛くなってしまうのね」ついに彼女はそう言った。笑われているとは思わないが、怒ってもいない。彼女の指が私の耳に少し触れた。

「私も経験あるのよ、眠れないね」

私はリモコンを探り、ベッドを九十度の角度にした。

「一気に立ち上がって、こう言ったら。〈カレーソーセージを忘れた!〉ってね。そしてあんたの言うその無限性というのやらも、頭の中でちらついたことがあるわ。長年皮をむいてきたジャガイモ、これから皮をむくジャガイモが目の前に現れてね。自分に言い聞かせたわ。〈多過ぎよ、オルハ。多過ぎ〉って。いつか終わるわよ」

私は笑うのをこらえた。笑ってしまうと彼女を傷つけることになるし、何よりその言い分は正しかった。でも、彼女のしわがれた忍び笑いを聞いてると、私は自分をコントロールできなくなった。夜勤の看護師が電気をつけると、そこにいたのは笑い涙を流して互いに寄り添う私たちだった。私は自分を少し遠くから見て、うなずいた。もう大丈夫だ。

何もかもが僕からとめどなく流れ落ち、底なしの疲労感だけが残っていた。僕はそれに抗い、彼女を追いかけ、かけらをつぎはぎし、時計の針を巻き戻し、何かしたかった。彼女の名前を叫んでも、その声は頭蓋骨の内側で鳴り響くだけだ。マーヤには僕の声が聞こえない、例え彼女が望んでも。脚は階段を降りることを拒んだ。窓際にある椅子にやっとの思いでたどり着くと、まぶたを閉じたまま通りを捜し回った。あれほど長いこと求めていた睡眠が、来るべきじゃない時に限って、わざわざどうしてやってきた？　彼女が慣れた手つきで自転車を盗む様子が、目に浮かんだ。僕の口は乾き、目は内側に向いていた。鉛のように重くなった目をなんとか石畳の方に向けた時には、彼女はいなかった。ゆっくりと、僕は椅子からカーペットへとすべり落ちた。

ザラザラのウールがツルツルのクジラ肌に変化したことに、僕はまったく驚かなかった。陽は高く、カモメは思いきり鳴いていた。眼下では、魚の群れが飢えた口をパクパクとさせて、フレーデリクの脇腹に付着した海藻を食べていた。ここにいたかった。ここに留まっていたかったんだ。僕たちはイギリスやモロッコに行くんだ。ノンストップで世界中をまわる、誰にも会わず、家すら見ず、何も食べず。それが僕の夢、僕の心は永続する。今回は捕まってたまるか。目覚めるのをサボってやる。

「だんなさんはお楽しみのようで」

僕はびっくりして飛び上がった。彼がまた話し始めた。七歳の時以来、僕はあの甲高いと同時に丁寧で、キビキビした声を聞いてなかったが、その声を忘れてはいなかった。

「フレーデリク」と僕はいつくしみをこめてため息まじりに言うと、巨大な頭の一部を撫でた。彼はお返しに潮を吹き出したが、そこにこめられた感情は、僕にはわからなかった。吹き出された海水を、僕は手で受け止めた。彼に何年も話しかけようとしてこなかったことを悔やんだ。

「ブノワ君、調子はいかがだい?」彼の質問は心がこもっているように聞こえたが、しかし不信感を隠しているようにも感じられた。

「ああ、フレーデリク、そんなの聞かなくてもわかってるだろ? いつだってすべてお見通しだろ?」

彼はバツが悪そうにだまると、謙虚にこう言った。「すべてわかるわけではない。そう思っていたのか。まさか、すべて知ってたら大変さ。だからちょっと話してごらんなさい。本当に大丈夫なのかい？」

「何ていうか、ここにいたいんだ。フレーデリク」

彼は急な波にむせて、背中の穴から激しくせきこんだ。

「頭がおかしくなったのか？」

「もう決めたんだ。僕は君のところにいたい。夢の中にあるうちの海に」

彼は大きなうめき声をあげて、怒りで尾びれを水に打ちつけた。巨大な波で、僕の服はびしょ濡れになった。

「でも、あなたはここにいられない。私たちの行く末を考えてごらんなさい」彼がなぜパニック状態なのかわからず、優しく撫でた。

「落ち着いて、フレーデリク。ただ泳いでいれば大丈夫だろ」

「ちがう！」と彼はうなった。「大丈夫なわけがない。あなたがここにいると、私も死んでしまう」

「何だって？　死ぬわけないだろ。君は僕の頭の中で作り出したものなんだから」

「そうじゃない。あなたも私の頭の中にいるんだ」

彼の泳ぎは、ますます速くなった。水はぶつかり合い、脅威と化した。黒い海藻が僕の指とつま先に絡まった。僕はそれを海にはらいのけたが、すばしっこい蛇のように這ってきて、僕に絡みついてきた。夢は僕の言うことを聞かなくなっていた。

「ばかげてる。となると、君は存在するということになるじゃないか」

「で、それのどこがばかげてるというんだ？　マッコウクジラなんていないというのかい？フォッターハールデンの法則を聞いたことがないかい？」

そのことばでめまいが始まった。連なった海草が僕の血流をしばりつけた。

「二つの生物が同時に互いの夢を見たら、一蓮托生になるんだ。だから目を覚ますんだ、おまえさん。そうしないと二人とも窒息してしまう！　私は岸に打ち上げられてしまう」

僕は立ち上がろうとした。するとすぐに、脚に泥の波が押し寄せた。泥？　パニック発作で身体が麻痺した。フレーデリクの脇腹にいた小魚たちは、窒息して死に絶え、白い腹を見せていた。カモメは石ころみたいに滑降して海水に浸かると、重い翼が茶色いぬかるみにはまって溺れ、そのぬかるみはみるみるうちに固まっていった。陽がかすんでいく。

「フレーデリク？」

背中の穴から泥の噴水をぺぺっと吐き出すと、その穴を目一杯開き、ガラスが割れるほどの甲高い声をあげた。激しい痛みが僕の鼓膜につき刺さり、頭の中を行き交い始めた。僕は耳に手を当てて、できる限り目を開いた。

太陽の黒点が窓を透過し、こちらに向かって落ちるのが見えた。ゾッとするようなマッコウクジラの叫び声がまだ鳴り響くなか、僕の脳内に熱い音の糸が絡まった。

僕は立ち上がった。フレーデリクが頭の中に残していった笛吹きやかんの音がいつまでも残り、その音は大きく物騒なものとして僕の胸部内で増幅した。頭を抱えたが、ズキズキとする痛みは消えなかった。その後の出来事は、僕とはほぼ無関係に起こっているかのように思えた。

椅子にすわる代わりに、僕はテーブルによじ登った。

タバコに火をつける代わりに、テーブルクロスから炎が出ていた。

僕は燃え上がるテーブルの上に立っていたが、少しすると側道に出ていた。近所の女の人がズボンの脚の部分にバケツ水を浴びせた。通りの通行人は、僕を見ていた。僕は彼らの視界から抜け出した。

次の瞬間、誰もいない列車のボックス席に、震えながらすわっていた。やけどをすると、寒気がするようだ。扉が閉まる直前に、ラバーブーツを履き孤独を漂わせる女が、顔色の悪い少年を連れて同じボックス席に入ってきた。二人は僕の正面にすわり、だまって僕の方を見ていた。

「人生というのは、ビンの中の屁みたいなものですよ」十五分ほど経って、女がしゃがれ声で言った。

「ビンの中の屁！」と少年は繰り返すと、クスクス笑った。

僕はプラットホームから遊歩道に向かって走っていった。遠くから、小エビのにおいが鼻の穴に抜けた。すぐそばでは、カニの群れが地面に投げこまれてきた。あふれんばかりの人だかりが、視界をさえぎり、僕の不安を掻き立てた。ズカズカと雑踏をかきわけると、海のそばにいるカメラクルーが目に入った。カモメを見上げた。弧を描いて飛び、声を上げて、災難が舞い降りた地点を示していた。僕は足を速めて野次馬の第一群に突進した。

僕が最後に目にしたのは、レスキュー隊が投げた救助用ロープを、力なくふり払おうとする巨大な尾びれだった。失望の表情をうかべる救助隊は、無情な波とともに引き潮になった海に向かい、悲しげに慎み深さを持って、二、三歩近寄った。

僕は上下にうねる一つの黒い塊を見た。一つの大きく丸い瞳が、僕の動きを注意深く追っていた。インクカートリッジから漏れ出したインクのように、黒い液体が砂へと流れこみ、それは夏空をも染めていた。目の前にある自分の手が見えなくなるほどに。頭に響く凍てつくような音は、そよ風が静まる前に、僕の脳まで届いた記者のことばで止まった。

「その男性は体重をかけて、自分を押しつぶしています」

僕は目を開き、部屋の右側に目をやった。深緑色のカーテンが、開いた窓の風を通して上下にひらひらと舞っていた。壁には大きな時計がかかり、針はのろのろともうすぐ七時十五分を指そうとしていた。朝なのか夜なのか、見当もつかなかった。

僕は白いワイドパンツをはいていた。パンツの裾を膝までまくってやけどしたところを見ると、きちんと手当てされているようだった。

その時初めて、ベッドの左脇のイスに、背の低い太った男がすわっていることに気づいた。その男はあごをぽってりとした手にのせ、僕をじっと見ていた。時折、眉間《みけん》にしわを寄せているように見えた。それにつられて、僕もかすかに眉間を上に動かした。

ついに彼は口を開いた。「私はあなたの精神科医、ミュラー博士と申します」

僕たちは握手した。力強い握手だった、それらしい姿を見せつけて。

「どうぞ」と彼は言うと、ビロード製のテーラードスーツの胸ポケットから小さなノートとパーカー製のペンを取り出した。

そして僕は話し始めた。生まれてはじめて、僕は語った。堪《た》え難い至福の温もりの断片、うちの海のそばで、青空の下、母の膝で寝そべる光景から始まる悲喜劇。頭を母の脚にのせ、母は青いタオルで僕の足を拭った。母は僕の靴を手に取る前に、僕の両足の指に一本ずつキスをしながら誰のためのキスか教えてくれた。そして最後の指のところまで来ると、こう言った。

「このキスは永遠のためよ」

ミュラー先生にした話は、すでに千回自分で書いて、千回想像してきたものだ。浜辺で踊る母の足のクローズアップが、カフェ・スポーツのフロアの宙を舞うマーヤの足に変わる。フレーデリクの海のシーンは突如中断し、ネオンの光の下、〈夜の果てへの旅〉を読むミズボらしい救助係がたたずむ灰色のスイミングプールのシーンに変わる。次に、ネオンの光がロココ調のシャンデリアに変わり、それにしがみついたクラールチェが身体の柔らかいメスザルのようにスウィングし、ベッドの上に舞い降りるシーンへと移る。僕の伝記映画で、修道女がシーツの下から僕の腕を引っ張る映像には、低いしゃがれ声のナレーションが被せられていた。眠れない時間はずっと、悪魔が僕の眠りへの信奉をあざけるのだった、と。

彼は注意深く話を聞いていた。緊張状態に近いといってもよかった。ミュラー先生がペンのキャップを右の鼻の穴に押しこむのに夢中になっているのに気づいて、少しゆっくり話すようにした。相変わらず僕の話に関心があるようだったので、その妙な行動に気を取られないようにした。少しして、彼は平然と鼻の穴からキャップを抜き出した。

話が恐ろしい雷雲の中、カモメが弧を描いて飛びまわる様子の地点までたどり着き、夢の中の相棒が岸に打ち上げられる段に入ると、ミュラー先生は前かがみになり、腕を大きく広げてはっきりとした声で、こう言った。「その時、君はクジラを見つけたんだね」

「マッコウクジラです」と僕は静かに言った。

「マッコウクジラね」と彼は繰り返した。短い足で彼は部屋をうろうろし始めた。時折、乾いたせきで笑いをごまかそうとした。時計の針を押し進める振り子の音はどんどん大きくなり、僕は緊張感に支配された。この男は僕のことをお見通しだった。彼が話そうとするその唇の動きに注目した。

先生はしばらく扉の方を見ながら立っていたが、急に僕の方に振り向いた。

「それは本当の話かね?」と尋ねた。

僕はうなずいた。

「それが君の人生かい?」僕は再びうなずいた。「なまやさしい!」と彼は断言した。「大好きだったママが、料理が得意で深い人情に満ちあふれた娼婦だったたって。悪質な修道女のトラウマと激しい空想……これは君、一世紀以上遅れて生まれたんだな! 偉大な象徴主義者になれたのに。ありふれた男だな! イエスに代わって十字架にかかる赤毛の女、子豚を散歩させるガーターベルト姿の強そうな女、そのたぐいが君にはお似合いだ。一ついいか? ちょっと絵を描いてみないかい?」

当惑しながら、僕は首を振った。

彼がこのように医学者にふさわしくない所見を終えたところで、力強く扉が開いた。戸口には、大柄で強面《こわもて》な女が手を腰に当てて立っていた。彼女はあきれた様子でミュラー先生を見た。彼は高慢に見返すと、同時に、ジャケットのヘリを神経質にいじり出した。

「ミュラーさん、診察はもう終わりです」と彼女はぴしゃりと言った。海岸地域のなまりが耳に残った。

廊下に消える前、ミュラー先生は素っ気ない表情を彼女に見せた。「先生、おじょうさん、先生」と彼は吐き捨てた。その女は彼より頭一つ背が高く、上半身は円盤投げの選手なみにがっしりしていた。彼の足音が聞こえなくなると、彼女は僕に視線を移してこう言った。「あの人は本物の精神科医じゃないんですよ、ここの住人です」何も反応せずにいると、彼女は続けた。「私はちゃんとここで働いている、リリと申します」

彼女は指が折れそうなほど力強く握手してきた。まったく、人間は大人になってから名前を与えられるべきだ。リリという無垢な名を持つ巨人は、名前のせいで哀れな人生を送ってきたに違いない。

「で、どちらさまでしたっけ？」と彼女は尋ねた。

「僕はありふれた男です」嬉々としてそう答えた。

彼女はうなずいた。この質問で、僕がどの程度精神に異常をきたしているのか、探ろうとしているのがみてとれた。「ブノワ・デ・ヒーター」と答えれば、まだ希望がある。彼女を少しかわいそうに思った。

「そう」と言った。「そうね」と言って脇に寄ると、廊下に向かって腕を大きく広げた。

「ご案内しましょう」

精神病棟。とうとう来てしまった。巨人のリリに連れられ廊下を通り抜けたとたん、僕は敷地の全体像をイメージしようとした。建物の、そして逃げ道の全体像を。僕はありふれた男。何をすればいいのかわかってる。この壁の向こう側に行く。言うまでもない。

「……明日の朝、担当の精神科医に会っていただきます。この施設での生活は思ったほど悪くないということに、気づくと思いますよ……」

巨人リリの話を、僕は半分くらいしか聞いてなかった。ガラス扉に到着したが、コードを入力しないと開かないようになっていた。僕はカフェ・スポーツでヴィッキーが前に言ってた話を思い出していた。彼女のおばあさんが住む認知症患者専用の療養所の建物では、年寄りが好きなオーデコロンにちなんで、四七一一のコードが使われていた。そして誰もそのコードを覚えられなかったという。しかし、巨人リリは、コードの三を押す指を僕がじっと見ているのに気づくと、僕の記録力は健在だということを静かに見抜いた。彼女はさりげなく僕の視界をさえぎり、残りの番号を押した。気狂いにはどんなコードがお似合いか？

「……ほとんどの住人は、今このレクリエーションスペースにいます。ご案内します。顔なじみになれるようにね……」

ここにいる人たちは、僕が自分のアパートに火をつけたことを知っているのだろうか。きっと知ってる。瀕死のマッコウクジラを見て気絶したからと言って、施設に収容するのは大げさだ。当然、僕の焼け焦げたズボンを見れば、手がかりはつかめるはずだ。

巨人リリの後について、足を引きずりながらレクリエーションルームに入ると、不安が突如僕を襲った。部屋の隅にあるベンチにはミュラーがすわり、卓球台のところで殴り合いをする二人の男を観察していた。看護師が間に割って入り、なだめようとすると、ミュラーは猛然とペンでノートパッドに何かを書きつけた。僕を一瞥すると、形式的な会釈をした。僕も会釈を返した。

反対側の壁に設置されたテレビから、アナウンサーが「マッコウクジラが浜辺に打ち上げられました」ということばで締めくくったのが聞こえてきて、僕はテレビにくぎづけになった。テレビに興味津々《しんしん》な患者の十四の瞳を避けるため、巨人リリの背後に身を隠したい気分だった。彼らの眼差しは、ここに収容されている精神異常のすがたをひと通り示していた。しかし、テレビに映し出された光景をみて、僕は身動きが取れなくなった。アナウンサーは、ある五十代の男性が、マッコウクジラの大きな口の中に入ろうとして、必死に制止しようとする野次馬や救助隊を脅していました、と伝えていたが、僕にはその内容が理解できなかった。テレビに初出演を果たしたその男性は、子宮に戻る意思で自分がありふれた男であることを証明していた。

僕はもう少しここにいることにした。どっちみち、気狂いにぴったりなコードが何か、つき止めなければならなかった。また、僕は同居人たちの共通点、僕たちの共通点をつき止めるため、観察したいとも思った。ばらばらだが、彼ら、我らには何かを結びつけるものがあった。当たり前なのに明らかになっていない何かを。

特に食事時になると、僕の感覚は研ぎ澄まされた。僕は後ろに引っこんで、ミュラーの内省的な質問を受けつけなかった。確かに、彼のおかげで自分のことが明らかになったが、ここからは僕が自分で調査をする。それにしても、プラスティックのカトラリーでしか食べることの許されない、おびえた大きな青い瞳の青年と、超能力で幼児性愛者の魔の手から子供たちを救ったという話を、みんなに聞こえるように話すおばあさんの繋がりを探るのは、気の進まない作業だった。また、背の高い人影が食堂の窓の向かい側から叫んでいることばに、さめざめと泣いたり笑い泣きしている女と、紙のテーブルクロスをビリビリに破いて、五分おきに大声で「さあ！」と叫ぶノイローゼのアジア人の繋がりも。僕の隣に、何かを数えることに取り憑かれた女がすわった。あまりの美しさに気を取られて、調査のことを忘れてしまった。

「あなたのシャツのボタンはいくつ？」彼女は突然聞いてきた。ラジオから聞こえてきそうな甘い声に、僕は驚いた。

僕が下を向くと、彼女は僕の頭をそっと二本指で元の位置に戻した。僕は胸やお腹に指をすべらせ、こう言った。「六つだ」

「間違い！　八つよ！　手首を忘れてる！」と彼女は笑った。僕もつられて笑った。

「名前は？」と僕は尋ねた。

「インフリット Ingrid」と言った。「六文字で二音節。あなたは？」

「ブノワ Benoit」と答えた。そしてすぐに、なぜ彼女の目が大きく見開き、希望に満ちあふれて見えるのかがわかった。マーヤを思い出した。時々無防備になると、あんな表情を見せていた。僕は彼女の笑顔をふり払った。心を揺さぶられないように。インフリットを見上げて、自分がこう答えるのが聞こえた。「六文字で二音節」

「あら」とインフリットはつぶやいた。口角が震えていた。奇妙なことに、その次の瞬間、僕の身の回りで何が起こったか、後で覚えていたのは自分でも不思議だ。おびえた青年が青い目を背けたこと、看護師は近づいてきたが何もせずにそこにいたこと、さらに、「さあ！」のアジア人が叫んだこと、ミュラーのペンが相変わらず何かを紙にしたためていたこと、卓球台でけんかしていたやつらの一人が、ズボンに手を突っこんでいたことを。なぜかというと、僕は彼女の唇や舌、僕の髪に触れる手しか感じることができなかったからだ。おそらく至福のキスというやつは、最も想定外で最も美しい瞬間だ。その瞬間、あらかじめあれこれ考えるすきはない。僕にはそれがずっと前からわかっていたのかもしれない。

夜になると、インフリットは僕の部屋に忍びこんできた。巨人リリが当直の日が多かったが、何も言わず寛容でいた。彼女が知らないはずがない。二人の気狂いがベッドインしたら、聞こえるはず。スポーツセックス、同情セックス、生死を分けるセックス。これまでのすべての罪が許されるような気分になるたぐいのセックスだ。そしてセックスの最中、インフリットは数えなかった。

共同作業を終え、僕が彼女の胸を撫でていると、彼女は自分の存在を示す数字を、一つ一つならべた。僕は十九人目の男だった。自慰以外では九百三十八回目のオルガズムだった。彼女が僕の過去に関して純粋に興味をもったのも、セックスに関する数だった。何回？　何人の女と？　一人あたり何回？　答える代わりに、僕は片手を彼女の股間に滑らせ、反対の手を心臓に当て、眠ってしまった。彼女が僕に何を与えてくれているのか、意識していないようだった。彼女は僕の羊を数えてくれた。

「好きな数は？」一緒に過ごした最後の夜、僕は尋ねた。

「〇《ゼロ》」と彼女は言った。

「なぜ？」

「最小で最大の数。〇は一の前に来て、数えられる中で最大の数の後にくる数字でもあるの」

「最大数の後の数字じゃない」

「生まれる前、〇で、死ぬ時また〇になるの」

「ある意味ではね、確かに」

「丸い数字であることには、訳があるのよ」と彼女はミステリアスに言った。

「ということは、僕はこれまで、人生の大部分をゼロの状態で過ごしてきたということか」と僕は笑いながら言った。

彼女は真顔で静かに言った。「いいえ、あなたは五十三よ。私は三十九。でもかつては〇で、いつか〇になるの」

「それが君にとってしあわせな状態だというのか？」

「いいえ、ただの〇よ」

奇妙な女に、また出くわした。でもいい女だった。収容された身でなければ、僕は彼女と結ばれるのに。

「いつから数字中毒なんだ？」

「数えるようになった瞬間から」

「ここで何を？」

「ここにたどり着いた時はとても不幸だったの。でも数え返すことを教わったの。おかげでずいぶん気分が良くなったわ」

「数え返す？」僕に何かが、楽しいものが、答えが、近づいてくるのがわかった。

「三、二、一、〇」と彼女は言った。

僕は急に立ち上がると、ズボンをはき始めた。彼女は僕を無言でじっと見ていた。

「荷造りして、ここを出よう」と僕は言った。「ここを出ていくコードがわかったんだ」

彼女は頭を振り、ベッドにすわったままだった。

「三、二、一、〇！」と僕は叫んだ。「絶対そうだ！」

「そうじゃないの、行かないと言ってるの」

彼女は行きたがらなかった。僕がせがんで、泣いて、ひざまずいて懇願しても、彼女は出ていくことを望まなかった。彼女の居場所はここにあった。彼女は満足していた。僕が出ていくことを残念がったが、一緒には来なかった。彼女は僕のことを一日六十回思い、週に四度は僕の夢を見るわ、と言った。最後に、僕の足音の数を数えているのが聞こえた。「さあ！」アジア人がどこかで叫んでいた。僕はそっと扉を閉めた。

私はもはや我が家と呼べない我が家に戻った。玄関口には子供用自転車、階段にはおもちゃが転がっていた。ぐにゃぐにゃとした居心地の良い家庭生活と化したリビングに、息苦しさを感じた。人形、紙くず、色とりどりのクッションが積み重なる山の中央には、シルク（という名前！）がすわり、私の二センチの髪、傷あと、メガネ、つえを目を丸くして見た。母親に腕を伸ばして抱っこしてもらうと、恐ろしいことに母親は「さあ、マーヤおばさんにキスをして」と、子にささやき始めた。

この上ないぎこちなさを避けようと、私はカタログに載ってそうなリビングを歩き回った。そして、いかにも田舎くさいゆりかごに眠る最新の子孫に目を落とした。その名はセバスチアーン（やっぱり！）。かわいいと言ってあげないといけない、オムツの宣伝に出てきそうね、と。私を見てくうくう言いながらはしゃぐ姿に私は突然軟弱になり、ほほえみながら毛布の間から赤ん坊を取り出した。柔らかいピンク色の塊を引き寄せると、赤ん坊が激しく揺られて死亡したという新聞記事を思い出した。そういう事故は現によく起こり、増加する傾向にあると記事には書いてあった。セバスチアーンは私の心を読み取り、乳児らしい声で泣き始めた。ソフィーはすぐに私から赤ん坊を取り上げると、赤ん坊を抱くために母親の腕から下ろされたシルクが、今度は泣き出した。

私は自分の涙を抑えようと、自分の猫に神経を集中させた。猫はたっぷりエサが盛られた餌台から、ソフィーの飼い犬、眠るペキニーズ犬のところへと行ったかと思うと、恥じらいもなくその犬に身を寄せて、卑しい目つきで私を見た。「帰ってこなくてよかったのに」と言っているかのようだった。

願ってもない状態で迎え入れられた。私には号泣する部屋も、ヤク漬けになる部屋も、音楽を大音量にして踊り狂う部屋もない。姉とベッドを共にしないといけないのには、まいってしまった。何か考える、と言われた。今はこれでがまんして、と。ほんの三十秒で、彼女は眠れた。嫌悪感の塊が、私の覚醒した後頭部に鬱積した。彼女が家賃を払ってようが、なかろうが、出てってもらう！　子供、ゆりかご、犬、猫、ぬいぐるみごと道に放り出してやる！

その瞬間、ソフィーは私の身体に腕を巻きつけてきた。ソフィーというのは、誰かに抱きついて眠るタイプの人間だった。腕をふりはらおうと思ったが、そのままにしておいた。私は彼女と違い、人肌を長いこと感じていないタイプの人間だったからだ。

そうやってうまくいくこともある。子供にクソをする馬の絵を描いてあげたりもした。きたなくておもしろいと言ってママに見せにいくと、ママは食事中よ、と言いつつ、ちょっと楽しんでいるようにも見えた。

一晩の睡眠時間は、薬のおかげなのはわかっているが、五時間までなんとか延ばすことができていた。朝、パンと新聞を買いに出かけた。コーヒーメーカーをセットしココアを作る間に、求人広告を見た。気の滅入《めい》る内容ばかりだが、楽しいものもいくつかあった。「事務職があなたの夢なら……」と活字がおどる記事を見つければ、それで午前中いっぱい、気分良く過ごすことができた。昼が近づくにつれ、事務職が夢であることは、私の夢であるような気がしてきた。事務職が夢だったら、人生楽しいだろうに。丸一日そのために時間を費やせばよくて、しかもお金までもらえる！　そして数時間も残業して家に帰れば、今度は家に届く請求書や書類の処理に取りかかれる。それがあなたの夢の仕事なら、まったくしあわせな人生を送れるのに。

その晩、私はテレビの前で姪っ子と息をはずませ、テレタビーズを見ながら「ディプシー、ティンキー＝ウィンキー、ラーラ、ポー」と歌っていた。キッチンから漂う健康的な野菜の香りが、鼻孔をついた。この二点で、私は極度の脳なし状態におちいったが、それが嫌なわけではなかった。私はパソコンに向かうと、ヴィルステーケ&ティメルマンス保険事務所にきちんと三言語で応募書類を作成した（この名前を電話口でだらだらと一日四十回唱えるのかと思うと、楽しみだ）。オランダ語、フランス語、英語で「事務職は私の夢の仕事です」と。翌朝、ポストに応募書類を投函すると、また思い出してほくそ笑んだ。二日後、電話がかかってきた。すぐ来て欲しい、研修は不要とのこと。言語能力が問題ないなら、それで十分、では明日から、となった。私は働くことにした。これで退屈から抜け出せるというのと、ふいに、失業手当が停止されているからお金が必要なことを思い出した。また、普通の生活を送らないといけないとも思っていた。

一ヶ月間、そこでがまんした。ばかげた仕事だった。枠の中に数字を打ちこみ、おもしろくない手紙を知らない人に送りつけ、オフィスを共有する短気なやつに、コーヒーを入れ、そしてここで一体何をやっているのか、毎秒自問自答した。一日じゅう芝生でもながめてる方がおもしろい！　想定の範囲内ではあったが、そこに自分を適応させることができなかった。何より数週間後、当惑させる認識が、馬が駆けるがごとく目の前にせまってきたせいだ。会社が誇りにする保険屋の王様が、会計係にめずらしく怒りを爆発させて、プリンターのコードで絞め殺そうとしたのだ。これを見て、私は悟った。私たちはみんな狂ってる。その確信こそが、人を賢くする。

私は定期的にトラムに乗り、病院に通っていた。私の脚はまだリハビリが必要で、オルハはまだ入院中だった。彼女の想像上の病気は、ますます現実と化しているようだった。目はくぼんで見え、ベッドから起き上がるのに前より時間がかかるようになっていた。彼女の記憶の穴も大きくなっていた。二人のゲームも失敗に終わってしまうが、私は目をつぶった。彼女から始めさせた。ズルにも目をつぶった。

「モーツァルト Mozart」

「ツタンカーメン Toetanchamon」

「クレオパトラ Cleopatora」

「オルハ、Nから始まらないと」

オルハは親指と人さし指で、私がソフィーから渡されて持ってきたチューリップの花束の葉をつまんだ。かつては飛び出ていた眉毛が、今は眉間のしわを作っていた。

「最初からやりなおし」と私は言った。「マーティン・ルーサー・キング Martin Luther King」

「グリュイエール Gruyère」と長い沈黙の後につぶやいた。彼女の視線はまだ花束の方に向いていた。

「オルハ、それはチーズよ！」と少し語気を強めて言った。

「いや、それは私の頭のことだよ、マフダ」彼女は澄んだ青い瞳で私の視線を捉えたが、もう何も答えられなくなっていた。

「うちのスワが昨晩見舞いに来たの。いっちょうらのシャツを着て、エリキシールダンヴェールを一杯入れてくれたんだ。そう、ベッド脇まで来たんだよ。かっこよかったわ、ずっと見ていたかった」彼女は何度か唾をのみこんだ。

「何か話はしたの？」

「揚げパンを始めるんだって。揚げリンゴもね。いいアイデアだと思ったわ」胸がいっぱいになり、頬や首にかけてが紅潮していた。「クルマを出して。タバコを吸いにいきましょ」と最後に言った。

車椅子に乗るのを手伝い、病院の外へと押し出した。病院前の芝生で、私たちは他の患者や通り過ぎる車を見た。そして何か言おうとした、何か人間味のあること、オルハを理解していると感じてもらえるようなことばを。でも、車はただ通り過ぎるだけで、患者はそこにすわったままだった。

「パンを買いにいかなきゃ」オルハはようやく言った。

「行こっか」と私は言った。まだ、もう少し一緒にいたいと思っていたから。病院にパンは十分あると言う勇気がなかったから。オルハがもう一度街を見たかったから。そして、私も街を見たかった。

私はしばらく街を避けていた。カクテルグラスのへりにへばりついた砂糖のように。でも今、その私はオルハを押して十二番トラムに乗り、どこで降りればいいのかもわかっていた。街の中心に向かっているが、すぐに到着しなくてもいい。両ひざをくっつけてすわり、窓に顔を向けているオルハの姿は素敵だった。年老いた少女は、目をキョロキョロさせて通りにあるすべてのものを捉えようとしていたが、フリット屋台の前を通り過ぎる時だけは、視線をそこに集中させていた。

優しい男が、トラムから降りるのを手伝ってくれた。見知らぬ隣人でさえ、善良な面を見せるようないい日だ。おそらく、通行人がにこやかな理由は、太陽とむき出しの脚のせいだろう。久々に、ミュージカル風に感情を表現したい気分だ。このうれしい、何も考えなくていいという衝動を、歌を使って互いに会話して、人生そんなに悪くないとコーラスで歌う。それに合わせて完璧にそろったステップを踏み、最後には大きくジャンプするか開脚でフィニッシュする。もちろん、みんな一緒に。ウエイター、タクシーの運転手、足場の作業員、おじいさん、おばあさん、店員、村じゅうが知ってるマヌケ、そしてデカも。必要ならば、私は歌の中盤で塔の一つにクモのようにすばやくよじ登り、銀色の流星跡を残してマントの後ろに消える。後には雲が残るのみ。そして下で踊るダンサーたちが口をあんぐり開けて互いを見ている間に輪を作り、私はどこからともなくその輪の中心に再び姿を見せる。それがいい。

「なぜ止まるの？」とオルハは言った。

ブノワが住む通りに到着した。一見したところ、何も変わったところはなさそうだった。パン屋のショーウィンドウには、「あなたのパン屋は現在人生を謳歌するため、海外にいます」の看板がかかったままだった。結局一度も見かけていない。パン屋のダンナを。彼は文字通り謳歌しているのか、はたまた死んでるかのどちらかだ。

「閉まってる」と私は言った。「別の店を探さないと」

でもオルハはもうパンはいらない、フリットが欲しいと言い出して、私は通りの向かいにある屋台まで車椅子を押し出したが、その手は途中で止まった。なじみのアパートの二階部分を見て、身体が震えた。窓がなくなり、矢印の形になった黒いすすの矢の先が、窓枠の中の方を指していた。

「これはかなり燃えたね」とオルハは言った。

私は車椅子をすばやく押して、道の反対側へとまわった。

相変わらず、何もかもが荒れ果てていた。モーリタニア領事の郵便受けは、チラシであふれていた。ブノワの郵便受けも同じだった。オルハはスーパーのチラシを抜き取り、パラパラとめくりながら興味深げにながめ始めた。

ブノワ宅のベルを押す私の指は震えていた。誰もいない。何を期待してたの？　窓のないアパートに彼がいるとでも？

「いないね」オルハはチラシの目玉商品にくぎづけのまま言った。

ブノワと決別して以来、彼のことが頭から離れなかった。彼との誤った肉体関係を、追い払い、のろったりした。でも、カフェ・スポーツである晩私と一緒に踊った男が戻ってきた。そして今、私の欲望が満たされていない分、それが大きくなってしまった。息のつまる、尖《とが》った喪失感の重さで爆発しそうだった。

「近所の人に聞いてみれば」とオルハはつぶやいた。

幸運にも、私には親身になって考えてくれる認知症の女がついていた。デ・ヒーター、ウォン、アヒーブ。

「はい？」ウォン家では背後から相変わらず騒がしい音がしていた。一家の大黒柱は、全ストレスをこの短いことばに込めて挨拶した。

「ウォンさん、私のことを知らないとは思いますが、助けていただけないかと……」

「金か？」

「いや、火事にあった近所の男性のことで……」
「うちはあの火事と関係ないからな！」彼は叫ぶと、ガチャンと受話器をおろした。隣の部屋のベルを鳴らしたが、アヒーブのうちには誰もいなかった。デ・ワフターとヴァン・キーレヘムもいなかった。ゾルダナはハンガリー語なまりのドイツ語を話した。デバーレは休暇から戻ったばかりで、私と同じくらい色々聞きたいところだと言った。

違うとわかっていながら、色々な答えが思いうかんだ。キャンドル、火にかけっぱなしのやかん、落雷。でもブノワの不眠の脳の塊がショートした、というのが真実に一番近いはず。私はおでこにしたたる汗を拭き、キラキラと光るオルハの車椅子の車輪を優柔不断にじっと見つめた。彼女を見上げると、眉をひそめて心配そうな顔をしていた。「マフダ、空腹で顔色がよくないよ」と言った。「さあ、何か食べにいきましょうよ」

私はベジバーガーを一口ずつ身体に入れた。オルハはカルボナード*1とマヨネーズのかかったフリットに食らいついていた。
「カルボナードはおいしいわ、フリットは冷凍のやつね」と口に食べ物をほおばりながら言った。

私はただうなずき、どうすればブノワに会えるのか、考えようとした。私はそばにある屋台の壁にすきまなく貼ってある、ふざけたキャッチコピーをじっと見た。「コロコロコロッケ」、「ヤケクソなやきそば」、「やきとりにキク〜」に加え、小さな黒板に手書きで「ウラでピチピチのモモをご用意しています」と書いてある。笑いながら、あの人もこれをおもしろがるだろうに、と思った、ブノワも。

オルハにとって、食べ物は我に帰るひと時を与えたようだった。

「人を見つけたければ、どうすればいい?」と彼女に尋ねた。

「死んだ人? それとも生きてる人?」と彼女は尋ねた。

そこまで考えてなかった。生きているとばかり思っていた。死を知らずに生存を前提としていると、死はいつだって受け入れるのが困難になる。不確かな何かが、彼はまだ生きてると伝えているが、もちろん、死んでいる可能性もある。文字通り煙に消えるように。急に息苦しくなってきた。少し泣きたい気分だったが、涙はもう出ないようだった。そんな時、私は「涙はもう出ない」とはやりの歌詞をつぶやき、そして控えめに過呼吸をする。誰も何も気づかないと思って。何より、私はまた自分を見つめていた。いつもやってる通り、遠くから。

＊1　牛肉をビールで柔らかく煮込んだフランダース地方の家庭料理。

その晩、オルハを再びトラムに乗せた。彼女は眠りこみ、病院で目覚めた。病院に着くと、患者を連れ去ったと言うことで、色んな人に怒られた。警察さえも出動していた。でも難なくそれを無視することができた。オルハと私はおやすみを言い合った。看護師がオルハを車椅子で病室まで連れていった。彼女は看護師に向かって、流暢《りゅうちょう》なフランス語でこう言った。「あの人とお庭で遊びたいわ」オルハは、私を指さしていた。

僕の故郷は静かで廃《すた》れていた。踏みつぶされたハンバーガーの包み紙をたどると、中心街をぬけた。通り沿いにある新しいポスターで半分見えなくなっているポスターの情報によると、三日前、チッペンデールズがカジノを大いに盛り上げたようだ。けっこうなことだ。

僕は墓地で母の墓を探した。思春期の頃、ここで夜を明かしたこともあった。時々彼女が横たわる地面に覆いかぶさるように、頭の下に腕を置いて寝そべり、母がくれたヘクトール・マロの小説「家なき娘」の表紙の絵のように、満月に照らされていた。母が下の方から僕にささやくのを当時はまだ想像できたが、何を言っているのかまではわからなかった。次第にうじ虫のせいで気が散ってしまい、墓まいりはやめてしまった。だから、今、母の墓を見つけられないのは、その頃の自分のせいに過ぎない。

僕は海辺の遊歩道に向かってトボトボ歩いた。遊歩道沿いに建ちならぶアパートは、窓で嘆かわしい壁絵が描かれていた。僕は空中から遊歩道沿いのうちの海を見下ろした。太陽はそれに相反する動きを見せていた。僕はお金も身分証明書もなく、物乞いをする気分にもならなかった。あまり目立ってもいけない。

朝の扉が大きく開くと、最初の散歩人たちが遊歩道にやって来た。背後の窓が一つ開き、誰かが硬くなったパンを投げた。一番俊敏なカモメがスムーズにパンをキャッチしたかと思うと、二番手に怒られていた。他のカモメからもっとうらやましがられようと、そのカモメは海面すれすれを大きく弧を描くように飛んでいた。トロフィーをみんなに見せびらかすために。他のカモメが好き放題その勝者に向かってわめいても、結局は早いもの勝ちだ。

足の不自由なハトが、足を引きずりながら僕のところにやってきて、つまんだものが吸い殻だったことにがっかりすると、少し遠くに投げた。僕たちは互いに目くばせをして、そろって再び海に注目した。汚染のにおいが立ちこめているが、ヨウ素はそんなに減ってないようだった。ヨウ素は睡眠に良いと、子どもの頃教わった。ヨウ素は夏休みにやってきた子供たちの肺を強くした。でも僕の母は死に、母の生き写しとの関係は破綻し、僕が眠れるように羊の数を数えた女は、自分がいかれていると言って僕の元を離れた。眠ることなんて絶対に無理だ。僕の冷え切った骨は、すべて台無しにされた僕の人生、というフィルムを覚えていた。タイミングの感覚を失った呑んだくれの監督は、少しましなシーンがあっても、後にだらだらと続く映像でそれをすぐダメにしてしまい、面倒くさがってシナリオの手直しをせず、プライドが邪魔をしてごちゃ混ぜのフィルムに火をつけることができずにいる。ユーモアに卑劣な感情を込める惨めさの塊、それがこの男だ。おまけに、自分で主人公を演じたがってさえいる。

その日の残りの時間、僕はあちこちをぶらついた。腹が減り、寒いという状況から、盗難しても良いという結論が下った。デパートの一階のフロアでハサミを盗み、エスカレーターで三フロア上がると、蛍光グリーンのダウンジャケットについた白い防犯タグを切り取った。史上最高にダサいジャケットだが、他の客の目に届かない場所にあり、暖かそうだった。こんな悪趣味なものを盗むような人は、煉獄《れんごく》に入れられたってあまり厳しい扱いにならない。

僕は急いで外に出て、そのままもう少し先まで走り続けた。警官のそばを通らざるを得なくなったせいで、あまりにも激しく汗をかき出した。そのにおいのせいか、警官は僕の方を見た。「おはようございます、おまわりさん！」甲高い声でそう言いながら、すぐに僕をピストルで撃ってくれという気分だった。午後四時。彼は幸運にも怠けているのか愚かなのか、職務質問もせず、反対方向に進みながら「あーあ」と言った表情を見せた。そしてぶつくさ言いながら、靴底についた犬のフンを払うことに意識を集中させていた。フンも時には運よく舞い降りる。犬が通りで糞をする限り、希望がある。

そんな明快な考えも手伝って、二回目の盗難は、もっと威勢がよかった。僕は釈放されたばかりの囚人が売春宿に向かうように、スーパーに向かって闊歩《かっぽ》していた。ジャケットには実にたくさんのポケットがついていて、このために特別に作られたものじゃないかとさえ思えた。ジャケットの形を保ったまま、サーモン、バゲット、ワインボトルをしっかり入れることができた。胸ポケットにキウイが二つずつぴったり収まることに気づいたところで、誰かが僕の肩をトントンとたたいた。

とうとうやって来た、覆面監視員か。ちぇっ、もうちょっとだったのに。まださっと逃げようと思えば逃げることができたが、これまでの人生、逃げてばかりだった。だから僕は振り返り、男が伸ばした手にそのままキウイをのせた。まぬけな男は、この居心地の悪いひとときをできる限り伸ばそうと、無言のまま、僕が彼を犬みたいにうるうるした目で見つめるよう誘導した。僕は言いなりになった。僕の前に、高級スーツを着た海賊が立っていた。眼帯の横の目が、僕を見つめていた。彼はシュガーワッフルとマドレーヌの間にキウイを置くと、父親っぽい手つきで僕の顔に触れ、こう言った。「ブノワ君、ヒサシブリ、相棒！　どうしたんだ？」

スタンがなぜすぐに僕に気づいたのか、謎だった。一目見て僕だとわかったと主張して、目撃のきっかけとなった盗難については触れなかった。彼が反対側を向いて見ないふりをしている間、僕は不器用にサーモン、バゲットとワインをジャケットからそっと取り出し、商品棚に紛れこませると、気まずさで足元がふらついてしまい、そのまま旧友についていった。彼は歳を重ねるにつれ、男前になるタイプだった。少年の頃はガリガリだったが、その骨は今やたくましい筋肉の塊に包まれ、顔色は血色が良く、スーツからはクリーニングの香りがした。二人で大きなホテルのレストランの窓際の席にすわると、スタンは自分のおごりだと言い出し、僕は控えめに抵抗した。

「それにしてもブノワ君、おごるなんてのは問題じゃないんだ。ここは僕のホテルなんだから！　数あるうちのね、チナミニ」

僕は音を立てないよう注意しながらホタテのスープをすすり、スタンの分のパンに手をつけまいとがまんした。洋ナシのチョコレートソースがけを食べて、ようやくなんとなく満腹になり、会話できる状態になった。

「話、話！」と彼は言った。

僕の婉曲的な人生談は、母で始まり、母の話で終わった。スタンは「相棒、相棒」と感動してこう言った。「だまれ、なんて悲しいんだ。人生なんてクソだな。小さい時に自分はまわりとは違うガキだと、その人生がクソだと、早くからわかってたよな。僕たちはわかってたよな、学校の中で、君はママで、そして僕はこの目で」

多分僕が眼帯を好奇な目でじろじろ見たから、彼は僕の心にズカズカと入ってきたのだ。眼帯を外すと、ガラスでできた丸い眼球を覆う瞼を大きく見開いた。

「まだここにあるんだ。ちっとも見えやしない」と彼は続けた。そしてゴムの部分がパンかごに垂れ下がるシルクの眼帯を指さした。「これはね、女たちのために着けてるんだ」

「僕は君の目にケチをつけたことはない」と僕は言った。

「君はね」彼は肩を組もうとしたが、手が届かなかった。手助けしようと、少し彼のほうに前かがみになった。彼は僕を力強くつかんだ。僕たちは笑った。

「人生クソだめにしたままじゃダメだ、ずっと」とまじめに言い、言い直した。「何もかもがまんすることない。必要ならば、歯やケツの穴を見せたっていいんだ！　その証拠に、僕は世界中を旅して、たっぷり金を稼いで、絶世の美女を手に入れてきた。こんな目の僕がね。人生楽しむということを学ばないと」

彼は自分と僕のグラスにもう一杯ワインを注ぐと、新たにボトルを注文した。

「広い視野を持つってのはいいな」僕は心から言った。

「持たざるを得ないんだ」ため息まじりにスタンは言うと、ワインをぐっと一気飲みした。ワインがのどぼとけを通過する様子を見て、本気で彼がいいやつだと思えた。しあわせな気分になりつつあることさえ、認めざるを得なかった。

「うちに働きにこいよ、ブノワ。夜勤係という仕事なんて、どうだい？」

確かに。何年分か無給でやってきた。

「今あそこにすわってるやつは、慢性的疲労を抱えている。朝になると、僕があいつを起こさなきゃならない。おかしいだろ。あいつには別の仕事をやるよ。ホテルで眠れるし、いいだろ？　じゃあ、いいな！　また会えてうれしいよ」

突如こんな幸運が舞いこんできたことを、不審に思った。別の状況なら拒絶していただろう。でも、今僕のナプキンの上に転がるビー玉が、すべてを変えてしまった。僕はそれを拾い、笑顔でスタンに返した。彼は今度はすぐには元の位置に戻さなかった。そして断固とした表情で僕に顔を向けた。赤褐色のかべにある黒いぶつぶつの孔《あな》を通して、彼の頭の中を見たが、善意以外何も見えなかった。

夜起きる日々が再び始まった。テーブルの上のテレビモニターには、廊下、ホール、エントランス前、と異なる場所の様子が映し出されていた。僕はモニターの前にすわり、受付係兼警備員になった。僕はスーツを着てそれらしい髪型にした。なんだか非現実的だった。

知的でおしゃれな金持ちカップルが、ほろ酔いでふらふらと僕に向かってきた。彼女はカウンターに寄りかかり、僕の耳に部屋の番号をささやき、僕はニヤついた。一方、男の方は驚き、こわばった面持《おもも》ちで彼女の尻を撫でていた。愛人関係万歳。翌朝になればまた罪の意識や迷いは消えるのだろう。でも今、この二人は楽しんでいた。夜眠る人には、光と闇の境目がわからない。夜眠る人は、昼間をそれほど恐れない。それも確かだ。僕はつかのまの天国への扉の鍵を渡した。「おやすみなさい?」疑問符つきのことばに返事する代わりに、二人は何かぶつくさ言っていた。画面の一つに、二人が楽しそうに廊下を進む様子が映った。女は鍵の穴が見つけられずにいた。男は開脚倒立をしようとしたが、二十代の頃から増えた体重を気にして思いとどまった。代わりに彼は扉を開け、彼女のブラのホックをはずした。

それ以外、初日の夜はほとんど何も起こらなかった。シャンデリアのクリスタルは、僕がじっと見つめている時だけ、かすかに揺れていた。四時十五分、大きな夜蝶が僕のデスクに止まった。明かりを求めてランタンやキャンドルの炎に飛んでは粉々に散るような仲間の蛾とは違う標本であることを、堂々と示していた。その蛾はしわくちゃになった茶色い紙きれに擬態していた。僕はそれに騙《だま》され、親指と人さし指でつまんで、ゴミ箱に入れようとした。するとその瞬間、蛾の身体が力強く震えだし、生きてることを精一杯表現した。僕は蛾を反対の手のひらに乗せ、飛び立つのを待った。しかし、蛾はすわって自分を見せつけた。その時はじめて、僕は羽の大きさや奇妙な柄にはっとした。鉛筆削りでギザギザになった削りカスの模様のようで、その削りカスの縁は赤く、鉛筆の先のなごりを思わせた。彼を目の位置まで持ち上げると、彼が僕を見ているという印象を払いのけることができなくなった。僕はほほえみ返しながらも、ばかげていると思った。僕の孤独は、ついに蛾に友情を見出すほどにまでふくれ上がっていたのか。毅然と蛾を机の上に置き、モニターに視線を戻した。五時半にはお忍びカップルが部屋の扉のところで別れのキスをしていた。なかなか二人は別れられずにいた。男は女の手を撫で続けていた。女はめそめそ泣いたかと思うと、突如立ち去った。ホテルを出る前、僕の方を見てうなずいた。あごは震えていた。

夜蝶はまだそこにいた。死んだのか？　僕は彼をボールペンでつついてみた。邪魔されて、羽を動かした。僕はホッとして少しパンくずをあげてみた。お気に召さなかったようだ。

「なあ、選《え》り好みするタイプか？」僕は笑った。誰もいないホテルのホールで、その笑い声は奇妙に響いた。わざわざ話しかけなくて良い、蛾なんかに。マッコウクジラが僕を精神病棟に誘導してからというもの、僕の動物愛は少し自制した方が賢明なようだった。

ソフィーは夫のもとに戻った。子供の将来を考えてのことだろう。本当は、私が原因という部分が大きいのかもしれない。私みたいにはなりたくない、と思ったのだろう。ごもっともなのだが――私以外ならいいと――。私はソフィーの腕が恋しかった。ひとりでテレタビーズを見た。電話も鳴らなくなった。それでよかった。

夜は再び長くなった。私はオルハに週二回は会いにいこうと、天井に向かって誓った。

「眠ってる」と私が入院中に使っていたベッドの女が言った。「またツンとしたにおいが」

私は彼女をにらみつけると、オルハのベッドに腰掛けた。確かに、におう。オルハは静かに寝息を立てていた。前よりも痩せていた。私は彼女のこめかみの紫色の血管を撫でた。すると力強く、彼女は私の手をつかみ、押しのけた。腹を立てて、看護師を呼ぼうとベルを探した。

「オルハ、マーヤよ」と私は言った。

オルハの顔の筋肉はピクリとも動かなかった。

「マフダよ」と私は叫んだ。

看護師が病室に入ってきた。一目で互いを認識すると、うなずきあった。ざっと脚の調子はどうか、聞いてきたので、私は「絶好調よ」と答えた。そして、看護師はオルハのベッドのカーテンを閉めて、患者のオムツとシーツを替えた。子供に向かって話しかけるかのように話す様子に、妙な気分になった。オルハもそれに反応しているのに、いらだちがつのった。二人は私のことを話していた。

「あなたのおともだちが見えてるわよ、オルハちゃん」

「ともだちじゃないもん」

「何言ってるの、となりのベッドにいた子よ。おみまいにきたわよ」

「いや、あの子はおねえさんのデカパイめあてできたの」

「ほら、ほら、なかよくして」

私は手のひらに爪を押し当てて、自分のベッドに横たわる女を冷ややかに見つめた。女はうわべの哀れみの眼差しを返してきた。

「腫瘍《しゅよう》のせいね」と言い、頭を指さした。

私はその言い分を信じないことにした。看護師がカーテンを開けた。「いいわよ、きれいになったわ」オルハの髪は少し奇妙にセットされていた。私は再び彼女の隣にすわり、彼女の好奇の目の中に、心が歩み寄り始めたことをつき止めた。

彼女は引き出しからお菓子の袋を取り出し、集中して一つ一つまっすぐ一列にならべた。そして一つ目の赤いグミを口に入れると、こう言った。「あなたの番よ」グミの列がなくなるまで、根気強く交替でやってくる自分の番を待った。もぐもぐしながら、私たちは互いにほほえんだ。すべてを呑みこみ、歯の間に挟まったグミのかけらを静かに取り除くと、オルハは私の頰をつねった。

「オワリ」と親しげに言った。すると向きを変えて眠りについた。

私は呆然としてよろめきながら病室を出て、廊下、エレベーターへと進んだ。病院の前の芝生で、私は胃の中の硬く、えぐみのあるグルコースの塊を放出した。痛かった。


あきれるほど自分にぶつかってしまい、ブノワを探すことがますます大事なことのように思えてきた。まず、私は自分の持ち物を売りに出すことから着手した。家具、本、服。長々と貯めてきた思い出をビニール袋、ダンボールに詰めて、家の前に出して回収してもらった。書かなければよかった日記、今では娘を肩車している男からのラブレター、子供の頃に抜けた乳歯、形見のアクセサリー。モノを手放せば、空虚に消失するという希望にもとづき形づくられた、未来の幻想を手に入れることができる。その結果、なにげない瞬間、その空虚な頭の中に過去が舞い降りる。完全に過ぎ去る過去なんてない。でも思い切った廃棄行為の必然性が、それで和らぐこともない。ものを捨てればスペースができる。絵空事であっても。

住まいの新しい借り手を探すのは、それほど難しくなかった。見たところ、まじめそうな人たちだった。肩にカバン一つ背負い、永遠に外へと足を踏み出した時、壁からは苦痛から解き放たれたため息が、もれていた。そして、頭より身体の方が数秒先に、そのため息は私に対する最後の慰めであることを悟った。肉体はその種の責任が好きだ。弱々しい肉なんてない。身体は嘘をつかない。鳥肌、硬くなった乳首、浮いたうなじの毛、震える指。濡れてたり、乾いてたり、柔らかくなったりする。やられたい、調教されたい。支配される。満たされる。目一杯。身体が少し休んでもいいと知らせてくれた。彼を捜索している限り、身体をコントロールできると。失ったものがすべて補われると。つまりは、過去の自分から一歩でも遠ざかれば、ムラムラとした気分になるということだ。

その時から、夜はまさに私のものになった。つかのまのベッドの相手を引っ掛けるのは、戸惑うほどやさしかった。何も尋ねなくていい。ほほえみ、いい香りを漂わせておけばよかった。彼らの神経が高ぶれば、安らぎが舞い降りる。グラスを満たし、彼らの悩みを聞き、何か聞こえの良いあいまいなことばをかけ、何も考えない。少ししてベッドのヘッドボードをつかみ、男に向けてケツをくねらせる。そして彼らが思う存分激しくぶつかり、つかんで、喘いでいれば、自分で引き止められなかった男、自分のものにならなかった男のことなんて考えないで済む。こんな単純なことはない。

「わかるだろ、彼女を本当に愛してるんだ……」

「そうよね」

「……でもまた会いたい。可能か？」

「たぶん」

「向きを変えて。どうしてほしい？」

「なんでも」


「で、その人とはどういう関係なんだい、おじょうさん？」

制服を着たリスザル顔の男が、タイプライターの後ろからつき刺すような目で、私を疑り深くじっと見ていた。彼ほど毒っ気のあるやつはいない、金を賭けてもいい。こんなおじょうさんは重視しないような男だ、きっと。

「友達よ」

「へえ……友達ねぇ」と彼は冷ややかに笑った。友情なんてそんなに重視していない。ぎこちない手つきで椅子から立ち上がると、机の後ろにあるスチールラックから何かを探し出した。

この男は当然のことながら、変形性関節症と胸やけに辟易《へきえき》していた。彼が取り出したビデオテープに、なぜか興味がわいた。それをビデオレコーダーに入れ、あれこれ言ってボタンを間違えながら押すと、腰掛けた。そして私の存在を忘れたかのようにモニターをながめた。

映像には、打ち上げられたマッコウクジラに、人だかりができている浜辺の様子が映し出された。ブノワと一体何の関係があるというのか。人混みの中から彼を探し出せというのか？制服姿のリスザル男をいぶかしげに見た。彼は見返しもせず、モニターを指さした。その瞬間、映像にブノワが走りこんできた。破れた服を着て恐れをなした表情だ。彼は素手でその生物を海に戻そうと押し出しているようだった。全体重をかけて。撫でて、話しかけ、ふらつきながら。しまいに脚をつかもうとする警官を蹴りながら、巨大な口の前にすわりこみ、無謀にもその中に入ろうともがいていた。戦いに破れると、彼は泣きわめきながら連行された。

「変わった友達だね、おじょうさん」

「この映像がなんでここにあるの？」

「質問するのはこっちだよ」と彼はがなり立てたが、この侮辱的な知らせをどうしても伝えたかったようで、その点は重視していた。そして矢継ぎばやにこう言った。「放火犯、君の友達ね、狂人。ああいうたぐいの人間のことは、できるだけ情報を手に入れたいと思うもんだな。海辺の精神病棟に連れてかれたよ。きっとそんなこと、予想してなかったんじゃないか、おじょうさん？」

そのおじょうさんは、もう何も予想する余裕なんてなかった。海岸行きの列車に乗り、その晩の寝床をどうするか考えた。緊縮財政のせいでホテルの部屋という選択肢はない。この天気のせいで砂は固く、ジメジメしている。雨が車窓に激しく打ちつけていた。髪はおかしいくらいに伸び、それがはからずも今流行りの無造作逆立てヘアになっていた。コンタクトレンズをつけ、化粧だってしていた。車内の進行方向にすわった。

途中の駅で、列車が揺れながら停車した。背の高い、赤毛の若い娘がボックス席の間に入り、向かいの席にドシンと腰掛けた。彼女は窓に映る私に向かい、不気味にほほえんだ。私は外を見るふりをした。何も見るものがないのは、彼女も見ればわかるはずなのだが。何か読むものでも持ってくれれば良かった。

「少しどう？」と彼女は尋ねて、白ワインのボトルを取り出した。そして唇をボトルの口に当ててごくごくと飲むと、私にボトルを差し出した。私は遠慮ぎみに一口飲んだ。

「今日、運転免許のテストに合格したの。五回目でね。祝ってくれる人なんて、一人もいない。私からあちこち電話するだけよ。くそっ、がっかりだわ！」

私はかすかにうなずき、ボトルを返した。私には気分がブルーな人を惹きつける力があるようだ。それだけは確か。それにしてもかわいらしい娘だ。ミニスカート。運転免許の試験だからなのか。

「海辺に住んでるの?」私はワインにしか興味がないとも思われたくなくて、こう尋ねた。

「そう、まだ実家暮らし。いやいやよ。もう二十一歳なのに、どこに住めばいいかすらわからないの」

「私の方が年上だけど、ここ二日住むとこがないんだから」

突然そんなこと吐露するなんて、おかしい。ワインのせいか。

「今夜はどこで寝るの?」

「寝ないの」

「まったく?」

「ほとんど」

「まじ」

「そう」

私は大げさに言った。少し静まり返った。何かが列車の下で、ガタガタと音を立てた。知らぬ間に自殺者をひいたのかもしれない。

「素敵なワンピースね、セクシーって感じで」彼女は笑顔で私の視線を捉えようとしていた。

新鮮な香水の香りがした。私は見つめ返した。私を誘おうとしてるのか？

「アリガト」

「うちに泊まる？　もう少しどう？」

今度は私がごくごくと飲む番だった。最初の質問に答える時間を稼ぐためだ。こんな状況に陥っても、あまり迷う余裕がなかった。これ以上、ひどくなりようがないということか？

「ご両親がいいと言うなら」

彼女は自由な教育を受けたことを強調した。ノープロブレーム、ハハハ。ボトルは空《から》になり、二人のひざはふらついていた。奇妙な興奮が私を刺激した。彼女は頬を赤らめた。


寝室に向かう階段を一段ずつのぼりながら、若返るような気がした。六歳の頃の私まで戻ったところで止まった。一晩過ごすのに、ピンク色の女の子の部屋よりひどい場所だってある。手編みのベッドカバー、もこもこした動物のぬいぐるみ、誕生日カレンダー、ステキじゃない？　彼女は私の唇に唇を押しつけ、舌が私の歯の間にすべりこんできた。何もかも小さい。息づかいが荒くなった。

「はっきり言っとくけど」と、彼女はあえぎながら言った。「私、レズビアンじゃないから」

「私もよ、ちがうわ」と声を荒げた。女の子らしいことをしたせいで、声が甲高くなった。何か感じたのか？　とにかくやめたくなかった。

「お互いの胸を同時に見せ合いましょ？」

同じサイズ、同じ硬さ、いろんな乳首。驚くべきことに、女性の胸は、手でつかむには肉体のなかで最高の部位だということがわかった。

「私のに押しつけて」と彼女は言った。

なんてこった。もう、彼女の言いなりになる。とにかく、考えちゃダメだ。

彼女は私に何もかも忘れさせるくらい、濡れていた。彼女は私に対して同じことを言った。ピンクは女の子の色、今確かなのはそれだけだ。私たちは「なんて柔らかいの、柔らかい、柔らかいわ」や「きれいよ、きれい、きれいね」とうなった。彼女は絶頂に達すると、頭を私に押しつけた。おかしな感じ、頭蓋骨の感触。まあ悪くはない。

彼女が眠る間、私は彼女の背中と尻を撫でた。寝息は柔らかく、安定していた。名前すら知らなかった。

「名前は？」と彼女の耳にささやいた。

「うーん」と言った。夢の中で何かに笑っているようだった。

もちろん、どうでもよかった、名前なんて。私はしばらく天窓越しに見える星をながめた。自分がいかに小さく、無力な存在かと感じ始めたとき、流れ星が見えた。願い事をすればいいんだ！　絶対に諦められないことがある。はしゃぎながら、しあわせになれますように、と。それ以外の願いなんて、いつも思いつかない。

その娘のひざに寄り添い、泣いたおかげでひと眠りすることができた。彼女は起きることなく、私の首から肩にかけてを撫でていた。これが不幸だとは思わなかった。

精神病棟の年季の入った壁は、迷子になった魂の寄せ集めを収容していた。その魂にすぐなじめそうだった。私は自信を持ちながらも、控えめでいないといけなかった。姪っ子のふりをするのだから。

ピチピチのナース服姿のがっしりとした巨人が、怪訝《けげん》な顔で私に向かってきた。誰かお探し?と。

「私のおじ、ブノワ・デ・ヒーターです。白髪で、痩せ型で、大体一七五センチくらいの」

彼女はヘトヘトになる程まばたきをすると、私を館長のオフィスへと案内した。ブノワさん、あの人は、施設から逃げ出したんだ。どんな悲しい話にもまだおもしろい一面がある。その患者は納得いく診断が下される前に、施設を去ったのだった。しかし、彼が入院する前の不安障害は、その患者が何年も患っていた不眠症の進行段階と相関していて、それが脳幹に慢性的な損傷を与えていた、ということが明らかになっていた。彼に身寄りの家族なんていたのだろうか？

つかのまの訪問だった。どうこうできるわけでもなく、私の落胆した感情を隠す必要もない。慢性的な脳幹の損傷？　とにかく、未来予想図を描いてなくてよかった。

白衣の大柄な女が、扉を開けるために一緒についてきた。彼女は戸惑い、私をじっと見て、少し遠くから食堂に入ってきた美しい金髪の女に向かってあいづちをうった。

「インフリットよ。あの人は彼がここにいた時のことを一番よく知ってる。もしよければ、話をしに行ってもいいわよ」

私は小走りで彼女を追いかけていった。手短に話を聞こうと思った。何メートルにもわたる施設の白いタイルの壁に延々はりめぐらされたターコイズ色のリボンが、私の網膜を激しく震わせていた。幻覚が立ちこめていた、ガスのようにシュッシュッと音を立てながら。病院を出た後、私は以前より眠れるようになって、暗い雲は頭の中だけを通り、目に見える現実には現れなくなっていた。ここはそんな状態を変えるための場所ではなかった。

インフリットは喜んで私に話をしてくれた。でも、彼女のブノワとの短い情事にまつわる数字を聞かされても、私にはピンと来なかった。食堂を囲むようにはりめぐらされたリボンの四角形が、私の目に細く暗く映った。ブノワは彼女の十九番目の男だった。十二回ヤって、ベッドから出て、扉のところへ行くと、八十三歩進んだ。私は丁寧に会話を終わらせた。扉へと急いだ。四角形が私の頭をしめつけるように感じた。

「ねえ！」と彼女は呼びかけた。彼女と食堂にある家具の見分けがあまりつかなくなっていた。

「あなたは私の見舞い客第一号よ！」

ほぼ手探りで魚のにおいをたどり、海へと向かった。海に着くと、影が少し薄くなった。潮のリズムに合わせてなる風の音と何やらわめくカモメの声のオーケストラで、私は再び全景を捉えることができた。ずっとここにいられたら、という誘惑にかられた。自分の存在がそのまま消えるのを静かに待てばいい。私の最終目的は、うようよとした人混みに埋もれて、見つけられなくなるということだ。もう彼を探すのはやめよう。もう偶然の身体以外、何も探さない。一緒に寝てくれるという、身体を温めてくれるという身体だけ。

ナイトショップで、私はリエージュワッフルとキャラメル入りのチョコバーと梨を一つ買った。私はレジのインド人にまばゆいばかりの笑顔を見せた。彼は私を見て見ぬふりをした。西洋で懸命に働くために十年も家族と国を離れて暮らす男たちは、やけくそのセックスをする気になんてならないようだ。もしくは、あまりいいにおいがしなかったのか、私の目があまりにも深く悲しそうに見えたのか、ターコイズ色の四角形が、私の顔に劣化の影を落としたのか。

私はホテルの前の階段で食事をした。背中を壁にピタリとくっつけると、足とひざ下だけが雨で濡れた。窓の向こう側ではレストランのシャンデリアやカトラリーが輝いていた。私はヒューホおじさんがよく聞かせてくれたマッチ売りの少女の気分だった。あの人には、私を幼くして悲壮に大げさなほど敏感な人間に仕立てた責任がある。ありとあらゆる哀れな物語が、私の幼い頃の頭にどんどん注ぎこまれた。彼が一切そのたぐいの話をやめず、アル中の守護天使が、天国と地獄の狭間の真空空間から私を見下ろしているのを想像した。そこは善悪を選ぶことができず、悲しみしか信じることのない、限りある命を持つ人間のすみかだ。そこで、おじさんは雪の結晶となった涙を流している。そろそろ靴を脱がさないと。

チョコキャラメルはなくなり、雪はアスファルトに打ちつけられるとすぐに溶けてなくなり、ベッドの友は誰もやってこなかった。長い夜が始まろうとしている。街は空虚に備え、カモメですらも眠っていた。

「感情を持つことを恐れてはダメよ、おじょうさん。転ぶことを恐れなさい」と声に出して、自分を落ち着かせた。

ジーン・ケリーのそっくりさんが、街灯のポールからジャンプしてリズミカルに指を鳴らし、水浸しのタップダンスに誘ってくれるようなこともない。それさえもない。

夜蝶は居すわり続けた。毎夜、彼はどこからともなくやってくる。部屋の中できれいな弧を描き、フロントデスクにひらりと着地する。僕の肩に止まることすらあった。

「お兄さん、服に虫がついてますよ」しわ混じりの紳士は、鍵を待ちながらこう言った。彼自身も少し虫に似ていた。

「そうですね」と僕は言った。用心深く、僕は蛾を指に這わせて、あまり興味を持っていないそのホテルの住人に見せた。「もしよかったら」とつけ加えた。しかし、紳士はただ部屋の鍵が欲しいだけだった。

僕は夜蝶に執着しないよう努めた。しかし無視しようとすればするほど、彼はより危険でアクロバティックな行為で僕の気を引いた。そして、得意技の一つを見せている最中、夜遅くにやってきた訪問者と共に吹きつけられた風で、飛ばされていった。開いた扉を抜けて姿を消した。僕は窓に走っていく衝動を抑えられなかった。駐車された車に止まる蝶を見て、僕はこの方がお互いに良いと、そこで踏ん切りをつけた。

その夜以降、僕はテレビのモニターにあまり目がいかなくなった。何時間も扉の方を見たり、窓やエアコンに目をやったりした。彼は姿を見せなかった。僕を恋しい気分にさせた。一週間後にはもう何も気にしなくなっていた。でもついに、部屋番号を教えてくれた女の派手な髪にとまる彼を見つけると、思わずその女の額にキスをしてしまった。

仕事が終わると、蛾を僕の部屋の中まで一緒に連れていくことにした。彼の関心は、主に蛍光グリーンのジャケットの裏地に注がれていることがわかった。ジャケットの染料が僕には有害に見えたので、最初のうちは、彼が近づかないように気をつけた。しばらくして、僕は自分を責めた。フレーデリクと惨状、崩壊、空腹、愛情の欠如、恐怖の圧力で崩壊しそうな地球全体のことを考えた。その結果、夜蝶に対して持ちうる感情には限界があると。僕は彼のことを、エルネストと呼ぶことにした。

厨房のスタッフは僕に律儀に挨拶した。掃除チームは僕の馬鹿げたジョークを笑った。七時にあいその良い受付係と交替すると、僕はシェフが朝食を準備するレストランの厨房で食事をとった。ぞっとするほど文句を言う男だった。税金は、彼の生活を苦しめるためだけに存在していた。当然、トルコ人はその恩恵を受けていた。ゴミが増えるのも彼らのせいだ。いまや、彼は何にも驚かない。社会システム、現実を隠す政治や玄関前で荒らされた花壇ですべてを悟らされているのだから。

僕は彼の話に常に同調し、皿にもっとおこぼれをもらおうとした。奇妙なことに、彼は僕に対してなんらかの畏敬の念を抱いているように思えた。実のところ、ホテルの従業員みんながそうだった。初出勤の夜を前にして、スタンが全従業員を取り囲み、雷のような大声で天の声を授けたせいに違いない。「汝、ブノワ・デ・ヒーターに髪一本触れることなかれ。丁重に接したまえ。彼はあらゆるものを見てきた経験豊富なお方である。特別なお方である。彼の学識と技能は、我々に夜間の安全をもたらしてくれることだろう」こう、スタンは健康な方の目で従業員一人一人を見て言って聞かせたのだ。話を聞いたとたん、シェフはことばを失い、繊細な客室係の女の子は、あまりのストレスに泣き始めた。そんな光景が繰り広げられたに違いない。でなければ、なぜこんなに優しく接してくる？　彼らは僕に丁寧なことばを使った。エルネストをフロントデスクから僕の部屋に移動させるのに持ち歩いていた、穴の空いた小さな箱については、誰も触れてこなかった。

エルネスト。ここのところ、エルネストほどいとしい存在はいなかった。僕のところに来たのは奇跡だ。この地域に生息していること自体、めずらしいし、同種の仲間たちは死んでないとしたら休眠中の時期なのだから。死ぬときはコウモリかヨタカに食われるか、二七センチの靴に踏みつぶされるか、自然消滅するまでだ。僕は休憩時間を使い、図書館で夜蝶について色々と調べてみた。それまでまったく興味なかったある専門分野について一気に知識を得ようとすると、危うく自閉症になりかけた。僕は何時間も図を調べ、名前を覚え、交尾の儀式の詳細や食の好みを調査し、研究用に買ったスケッチブックに羽の模様をスケッチした。自然科学博物館で日中を過ごすこともあった。何十羽もの不運な仲間たちがピンに刺された展示室では、エルネストの目を覆った。僕の方は息を呑んで夜の華やかさをさまよった。ここには人間の望むものがそろっていた。ガラスの下に置かれているのは忘れられた感情、認識そして思考だ。ヤマキチョウのレモンアイスクリーム色、カレハガにみる肥満体型、ヒメツマキホソバにみる謙虚さ、ガンソアマヒトリ、華麗なスグリシロエダシャクとアカベニカギバガの不真面目さ、どれを見てもうなじの毛が立つ思いがした。

それにしても、ベニシタバほどの完璧さを備える蛾はいなかった。エルネストが属す種目だ。まず、彼ほど大きな夜蝶はいない。クジャクチョウは例外かもしれない。この哀れ者はいい歳してもさなぎのようにじっとして冬を越し、やはり魅力に欠ける。ベニシタバは、逆に知性の面で卓越している。僕は彼が幼虫の頃からすでに枝に擬態して敵から身を守るほど賢いことに興奮して、本を読み進めた。図書館の本の写真を見て、僕は一層納得した。

「エルネストはなんて賢いんだ！」自分の箱にささやかずにはいられなかった。

僕の密室では、彼に自由を与えた。彼が来てからは、一度もカーテンを開けてなかった。日に当たってびっくりさせないためだ。移動用の箱のふたを開けると、部屋の中を上品に弧を描いて舞い、僕が念入りに選んだポプラの葉に関心を払う様子を観察した。ヤナギも好んで食べたが、ポプラの方が好きなことがわかった。僕は集中して、触角と前脚を密集させる食習慣をつかんだ。灰色の前羽は、その下にある大部分が赤色で黒色も混ざる羽の優美さを際立たせていた。それらはワインと炎、乾燥させたバラの花びら、キスされた時に赤くなる肌を思い起こさせた。そして母のワンピースも。

毎日九時から午後二時まで眠った。睡眠リズムは定期的に途切れるものの、プール時代以来、最長の規則的な睡眠だった。この ささやかな睡眠への勝利は、エルネストのおかげだった。それよりまず、当然のことだが、僕にこの居心地の良さを与えてくれたスタンのおかげでもあった。でも彼はまだ僕の夢に出てこなかった。夢は色彩や羽で満たされていた。自分の笑い声で目が覚めることもあった。

スタンはエルネストの存在を認識していた。夜ホテルにやってくると、僕が箱から相棒を慎重に取り出し、エサをやる様子を観察していた。

「ブノワ君」と彼は笑った。「子供の遊びじゃないのか、坊や、箱に虫を入れるなんて?」

僕は引きつりながら笑い返した。何が起こるのかを恐れた。

「自分の部屋で飼ってくれないか？　常連さんを怖がらせてしまうからね。うちのカーテンを食べないように、気をつけてくれよ」

彼の言う通りにしたが、必要以上に心が傷ついた。彼のホテル、彼のフロントデスク、彼のカーテン。エルネストを部屋に連れていった後、傷ついた青年のようにモニターを見た。こぶしであごを支えながら。深夜にやってくる客に対して、笑顔を振りまくことをかたくなに拒んだ。

僕の機嫌が収まるには、二、三時間かかった。スタンとの友情関係を継続できるよう、懸命につとめた。彼は僕にとって一番かけがえのないやつで、大いに感謝していた。エルネストとの出会いだって。ホテルで働いてなくても、僕のところにやってきただろうか？　偶然だったのか？　僕の思考は再び羽と色彩の狭間に迷いこんでしまった。その瞬間、僕の目は重さ一キロの釘が磁石に吸いつくように画面に張りついた。ホテルの外の階段に、母がいた。そんなはずない。僕はじっと、彼女がチョコバーを口にする姿を見た。悲しそうな表情。行くべきだが、動けない。一センチも。彼女が立ち上がり、意気消沈したしぐさでバッグを肩に投げかけた時になって初めて、僕はぎこちなく扉の方へと急いだ。彼女は姿を消していた。

マーヤが僕を探しに来た。もう何ヶ月も経っているのに。あんなことがあったのに。僕の行動は遅すぎた。すべての痛みを収めてきた種、慎重に皮下に埋めていた種が、芽を出す恐れがあった。僕はそれについて熟考することを拒んでいた。それにしても、考えると眠れなかった。思考ほど簡単ににじみ出るものはない。一時現在、僕はすべての集中力をエルネストに注いでいる。エルネストは天井の隅で眠っている。

「エーーーーールネーーーースト！」とお決まりの少年合唱団のように叫んだ。なぜかそれが正しい呼び方だと思っていた。

彼は少し先に進んだ。僕をもっとよく見ようとしたのか、頭の向きを変えたようだ。僕は手を振った。彼は転がり落ちた。〇・五メートルほどのフリーフォールを経て、羽を広げた。そして手のひらにふわりと着地し、数分間、僕の視線を満喫すると、蛍光グリーンのパーカーのポケットの中へと消えていった。そのジャケットは僕が来てからずっと部屋の隅に横たわっていた。スタンは新しく、もう少し地味な冬服を僕にくれた。グリーンの怪物はもう捨て時だったが、エルネストにはお気に入りのようだった。

その日、その理由がわかった。誇らしげに彼はゆらりと再び舞い上がると、椅子のひじ掛けに止まった。ジャケットの温かいすそから床板にむかって、ゆっくりと這う五匹の毛虫を一緒になって観察した。彼らは三部に分かれた身体を一つずつ引き上げた。近づくと、小枝のように固まった。

僕は拍手喝采し、目をうるませた。

「エルネスト、メスだったのか！　ハニー、どうやって産んだんだ？　五匹も！　もうこんなに賢く育ってるじゃないか。見てごらん、こんなにも賢い。君みたいにね、ハニー、君にそっくりだ」

僕はマーヤのことを忘れた。スタンから誘われたオペラに行くことも忘れた。我が身も忘れた。スキップしたい気分で、僕は穴の空いた箱の中に入っているポプラの葉の寝床を新調した。肩に止まったエルネスティーヌはうなずきながら、その様子を見ていた。

扉をたたく音で、陶酔状態から我にかえった。エルネスティーヌと五匹の幼虫を隠そうとしていると、スタンがなだれこんできた。

「おまえ、どこにいたんだよ？　オペラ劇場の入り口で三十分も待ってたのに。雨のせいでずぶ濡れだ。どうしたんだ……？」

彼は目を丸くして、小枝を動かしているエルネスティーヌを見た。

「なんてこった……テラリウムが拡張したのか」愕然としながら言った。

「エルネスティーヌが子供を産んだんだ」と僕は言った。ばかげて聞こえた。恥ずかしくて頬が赤くなるのを感じた。

「その蛾はエルネスティーヌっていうのか？」スタンは神経質に自分の爪を触った。

「待たせてすまなかった、スタン」本気で謝った。僕は困った友人だ。スタンは何か考え事をしていた。エルネスティーヌはあまり協力的にふるまってくれなかった。挑発的に滑空し、カーテンに着地すると、ムシャムシャとカーテンをかじり始めた。

「いいだろう」とスタンは言うと、力強く腕組みをして「何もかも許して、忘れてやるが、あの生き物はここに置いておけない」彼はとっさに窓をあけ、カーテンの裏をトントンとたたいた。エルネスティーヌは触角を震わせながら窓のサッシに着地した。僕はパニックになり、自分の全体重を窓に向かって投げ出した。自制の効かない行為のせいで、ガラスが割れた。ガラスの破片が僕の肩に刺さった。すぐに赤く染まったシャツから、ガラスの破片を抜き取った。

「おい、ブノワ！」スタンは叫び、びっくりして後ずさりした。

外ではエルネスティーヌが満月に向かってひらひらと舞っていた。とまどうことなく、僕は粉々になった窓ガラスによじ登り、飛んだ。運良く、僕の部屋は一階だった。部屋が七階だったとしても、きっと飛んでいただろう。

高速道路の音でかき消されるまで、スタンが僕の名を呼ぶ声が聞こえていた。エルネスティーヌはポツンと走るトラックの上すれすれに飛ぶと、そのまま街中《まちなか》に向かって飛んでいった。彼女は僕と駆け引きをしているようだった。彼女を見失いそうになると、僕から十メートル以下の距離を保ち、待ちぶせしていた。

カフェのテラスで、僕は近づくことを許された。僕の人見知りな面が試されているようだった。騙されないように、彼女の方にまっすぐ近づいた。

「ああ、うちの子はそこにいたのか」と僕は言った。隣のテーブルにいる若い男たちの好奇の目を、僕は気にしてなかった。彼らが首を伸ばしてこようものなら、すぐに立ち去ればいい。

エルネスティーヌは違うことを考えていた。僕があと指一本の距離まで近づいたところで彼女は飛び、夜空をジェットコースターのように滑降すると、太った女の胸に着地した。女は叫び声を上げた。そして、エルネスティーヌの羽に火のついたタバコを押しつけるのが、あぜんとしている僕の目に入った。奇妙にシューシューとなる音が、僕の悲鳴に混じり合った。ギザギザ模様の羽は、縮れていた。六本の脚は何もつかんでいなかった。拷問された夜の友は、地面に着地した。ヒステリックな魔女は彼女をブーツで踏んづけた。

エルネスティーヌの小さな身体から出てきた茶色い液体を見て、僕の脳はショートした。僕は太った女の髪をつかんで椅子から引きずりおろした。それまでだった。男の一人が僕にテラスの椅子を投げつけてきた。別の一人は僕を一発で殴り倒した。やつらは両足で僕の胃やタマを蹴ったに違いない。僕のねじ曲げられた身体に起こった次の長い数秒間は、完全にリンチのようだった。テーブルの脚のそばで、エルネスティーヌは自分の内臓を呑みこんでいた。身体は回復し、やけどのあともなくなっていた。羽で頭を守りながら、足蹴りの間をすり抜けていった。彼女は僕の鼻のそばにある瓶のふたに止まり、身体を後ろ足で支えながら勝ち誇ったように空中に羽を伸ばした。僕は悲しげにほほえんだ。彼女はウインクで返した。

「何か一曲歌おうか、ブノワ」ささやくような声で、エルネスティーヌは聞いてきた。

「いいね」と僕は言い、上唇の血を舐めた。

そして彼女は歌った。エルネスティーヌは、僕がチェット・ベイカー版でしか知らない歌を、エラ・フィッツジェラルドのようにパワフルな声で歌った。右の前脚で拍子を取りながら。あなたなしでもやっていけるわ。ほほえみながら、僕は目を伏せた。あのエルネスティーヌは、僕のことをよくわかっている。もちろん。鼻息荒い襲撃者の頭上で、どんどん長くなる夜蝶の列は、月に向かって浮かんでいた。小雨で葉からしずくがしたたる時以外。その時思い出す……彼らはワンピースを引きずり、母を連れ去った。彼女は笑いながら、そう、笑いながら……あなたの腕の中で守られていたスリル。幾十億の羽のせいで星が暗くなった。もちろん。

夜は冷えこみ、底なしだった。若くて幸せそうなカップルであふれかえるカフェで、テキーラ・サンライズを飲んで一時間過ごした後、このボヘミアンな生活をやめることにした。知ってる人の声を聞きたい。私を迎えにきてくれる人と、電話で話したい。友達、家族、元カレ、誰でも。無条件に手を差し伸べてくれる誰か。何も見返りも求めない。ブラムがいる。

電話ボックスを探し、コイン口に一ユーロ入れ、番号を押した。彼が受話器を取るまで、六十回も呼出音が鳴った。

「ブラムです。いったい何だ?」男っぽい声だったから驚いた。

「ブラム! ほら、マーヤよ」

「やあ、マーヤ」何だかぎこちない。

「寝てた?」

「ああ」

「ごめんね、聞いてよ。今、私海辺にいて、ブルーな気分なの。迎えにきてくれない？」

「マーヤ、今二時半だよ。明日の朝、始電に乗って、その時にでもうちに寄ってくれれば」

「なんかよそよそしくない？　どうしたの」

「自己主張の訓練を受けてるんだ」

「そりゃ良かったね」

「ありがとう。ほら、皆自分の人生を背負ってるんだ。おまえもな。俺はおまえの犬じゃないし」

「犬は必要ないの。ただ、迎えにきてくれる友達が必要なの」

「ごめん、マーヤ」

その自己主張の訓練のせいで、私は誰も頼れなくなった。イラついた反乱軍が、血管の中で騒いでいた。怒りのことば、かすかな声、涙、何の足しにもならない。百二十キロの自己主張の塊、ブラム。しつこくお願いして、カッチャに繋がる電話番号を教えてもらった。彼女はモザンビークに旅立ってなかった。結局、生まれ故郷で運命の王子様にめぐり会えたのだ。昔の知り合いが受話器を取ったとしても、驚かないようにしなければ。

「相手は？」

「いや、俺じゃ……」

「え？　ブラム、一体誰なの！」

「レムコ」

受話器を投げつけた衝撃で、電話ボックス全体がぐらついた。「超つまらないやつ」ってことか！　そういう女だったのか。私のもの、私、私のものだったのに。私の朽ち果てた過去、私の失われた未来、私の過ち。そしてあの二人は今ヤってる。子だくさんになって一緒にクリスマスツリーに飾りつけをする。家を買って、ヴァカンスの写真を撮る。ろくでなしども。血管で騒いでいた反乱軍は、集団自決した。


私は暗闇の中を走った。昔、あのサンタクロースからもらったルービックキューブのことしか考えられなかった。キューブ表面のシールをはがして、別の箇所にくっつけるという行為をしていたら、一枚なくしてしまった。キューブの黒い面を手のひらに置くと、私は天使のほほえみを浮かべ、リクエストに応えて残りの面を見せた。皆立ち上がって、拍手をし、私みたいな子供がいることを喜んだ。その若さで、肩にこんな賢い頭がのっかってるなんて、と。夜になると、私はそれをベッドに持っていき枕の下に隠し、嗚咽《おえつ》を封じこめるために枕に歯を押しつけた。そうして私は陽がのぼるのを待った。そのままの状態でいる方がいいと思ったから。ルービックキューブがもう元どおりにならないという思考で目覚めるよりも。

もう、ひたすら飲んで酔いつぶれるしかなかった。そばにある酒場の目隠しガラスも、その店の名前にも少しも惹かれなかった。「プッシーキャット」というピンクのネオンがチカチカして、「ガールズ！　ガールズ！　ガールズ！」と書いてあった。なんて奇抜なネオンサインだ。もうどうなってもいい。必要ならば有り金はたいて、残ったいらだちを吐き出してやる。お金がもらえるというなら、一晩中しばられてしまうなんてこともあるのかも。そしてひどいやつが私の顔に射精してくるのかも。それでもいいんじゃない？

店に入ると、悪だくみの視線が私に向けられた。バーテンダーはいたずらな目で、胸の形をしたカクテルグラスにウォッカ入りのカイピリーニャを注いだ。惨めだった。幸運にも、彼はウォッカを惜しみなく注いだ。飲むと身体がほてり、熱っぽくなった。何か冷やすものを求めて、ヒリヒリとする指先を、グラスのおっぱいにくっつけた。

なんてうるさい場所。なんでここの男たちはこれだけシャンパンを開けて、まだヤる気になれるんだろう。娼婦たちの方はそれほど魅力的とは言えなかった。彼女たちは疲れ果て、母国からのぼる太陽を待ち望んでいた。ただ疲れているだけなのかもしれないが。

吸いさしのタバコで、新しいタバコに火をつけた。熱で口が乾いた。私はカイピリーニャのお代わりを頼み、唇にグラスをつける前に、ほてったおでこにグラスを押し当てた。

腰にそっと手が置かれたことに、私は驚かなかった。堕落対倫理観、最終決戦の火蓋が切られた。始電に逃げこむか、後ろにいる男に料金をささやくか。私の身体の市場価値はいくら？　二百五十ユーロ、それは高すぎるのか、それとも下劣さに応じて値段が決まる？　手は静かに止まっていた。愛情すら感じられそうなくらい。残虐な愛情。

ウィスキーボトルの上にあるスクリーンでは、八ミリフィルムの映画が無音で始まった。二人の屈強な男が、黒人の女を両側から犯していた。彼女は目を閉じていた。私も同じしぐさをした。一度でもいいから、みんなしてテーブルの上に一緒に立つことはできないの？　そして三声コーラスで、すべてうまくいく、風向きは変わる、嵐は静まるって歌ったらどう？　すでに帆は上がり、はるか彼方の新たな国に向けての航海は始まってる、って。

私はカクテルを飲み干し、振り返った。

首までクソにつかる人間に対し、夜の一番暗い時が過ぎればすぐにまた陽はのぼると言って、励まそうとするやつがたまにいる。経験上、僕はこの主張が間違っていることがわかっていた。少なくともその形象的な意味においては。しかし、文字通りの解釈は正しいようだ。少なくとも、とにかく暗かった。この浜辺は。

わき起こるうめき声で、僕は意識を取り戻した。でも五分ほどして、その声の主が自分であることに気づいた。やられたな、あの太った女の護衛たちに。ここまで僕を引きずってきたなんてことがあるか？　おそらく車のトランクから半分に折った身体を引き出して、潮が満ちるのに間に合うように、防波堤に転がしたんだろう。それだけの仕打ちを経て、結局まだ生きてることに、笑えてきた。きっと、僕は不死身なのだ。誇大妄想の最終攻撃が、僕の身体のすさまじい抵抗力と衝突した。身体があらゆる方向から痛みで爆撃された。胃は激しく収縮し、その中身が排出された。出てくるのはほとんど血で、僕はその味を感じながら唇から外へと吐き出した。おかげで、肩や脚に突き刺さる針のような痛みを忘れることができた。そのせいで、横向きになるしかなく、顔は片手に収まっていた。手で触れてみた。前より二倍の大きさになっていた、僕の頭は。上唇からしたたる血のつららは、鼻に及ぼうとしていた。引っぱっても、取れなかった。

潮は前方一メートルのところで収まった。僕は障害を抱えた蛇のように身体を這わせ、泡を立てて打ち寄せる低い波に頭をうずめた。塩辛い水は僕の傷を引っかいた。血のつららは溶け、僕の衰えた感覚は、水の冷たさで冴えわたった。僕はくたばらなかった。やつらはそれを覚えておくべきだ。

こんなにもゆっくりと起き上がったことはなかった。骨を一つずつ伸ばし、ホモサピエンスへの進化をまねしてみた。直立状態になった時、腕をカラシニコフに変形させるのがふさわしかったのかもしれない。僕の鉄の行く手に出くわすものすべてを撃ち落とす。とりあえず、僕は三段跳びとモダンダンスの中間のような動きをしてみた。

日の出が僕の行く手を照らし出すと、そこは行楽客が置いていったゴミだらけになっていた。最初にやってきたカモメは、僕がノロノロと階段を上がるのを見て、大声で嘲笑った。僕を励ます声だったのかもしれない。物事には別の見方がある。

足取りは徐々に速まり、いつも通りになったものの、倒れずにいるのがやっとだった。浜から約一キロのところまで到達したことから察するに、どこも骨折していないようだ、断言はできないが。僕はおやゆび小僧に劣らぬよう、タイルに等間隔に血を垂らした。肩の傷は固まることを拒み、ズボンの左脚の部分は特定できない汚物、おそらく人体から出てきたものでずぶ濡れだった。砂の彫刻を丸ごと自分の身体に塗りつけたみたいだった。すぐにすべて消毒しなければ。そういえば、うちの海辺はずいぶん汚染されていた。

僕は最初に目に入ったいきものを見てよろめいた。ゴーゴーバーの強面《こわもて》な黒人用心棒だ。門前払いされないことを願った。大丈夫だった。僕をガラス扉手前のエントランスで待たせて、救急箱と赤チンを探しにバーカウンターの下へと消えていった。奇妙な場所にこそ、いい人がいる。客の方がその状況になじんでいた。頭が狂い始めたオフィスの同僚、元受刑者と常連客が悪臭ただよう熱狂の中、まだ買い手のつかない女たちをバースツールやステージから下に降ろして、くたびれた腰を女に押しつけていた。独りでテーブルにつき、無言のまま酒に飲まれるか妻への口実を探して脳細胞を痛める客があちこちにいた。何世紀にもわたる進化が、ここで止まっていた。

ついに、彼女を僕は見た。彼女を見てすぐにわかった。隅で僕に背を向けていたが。かろうじて見えるその女は、カクテルを消費し、ひたすらタバコを吸っていた。逆立った髪とせかせかとしたしぐさは、ひったくりを思わせた。ここには盗みにきていると思いたかった。こんな場所で商売をするよりはましだ。誰かに話しかけられるのを待ってるのか？　だとしたら、僕が一人目にならなければ。外にいた用心棒がいなくなった。僕は何とかして扉を押し開けた。誰もこの恐ろしい見た目を、おかしいと思っていないようだった。仮装パーティーからやってきたとでも思っているのか。おそらく、顔がぐちゃぐちゃになるまで殴られた男が紛れこんできたという事実には、無関心なのだ。

「マーヤ！」と僕は叫んだ。もちろん、彼女には聞こえなかった。耳のそばのスピーカーが大音量で響いていたから。僕は優しく彼女の腰に手を置いた。手を肩の高さまで持ち上げることができなかった。辛抱強く、彼女が振り返るのを待った。外の用心棒は救急キットの入ったタッパーを手に僕の隣に立ち、一緒にじっと待っていた。

　彼女は頭を僕の方に向けると、ことばを失った。数秒間、僕は彼女の目の中に吸いこまれた。その目は、実に彼女のものに似ていた。それから目をそらすと用心棒から箱を奪い取った。僕の前にしゃがみこみ、僕のズボンをビリビリに破いた。慣れた手つきで、傷の手当をした。わめき、腰をくねらせ修羅場に向かう男や娼婦に囲まれて、彼女はせっせと消毒液やガーゼを使い、カット綿と包帯を覆った。仕上げに眉の上の切り傷の手当を終えると、少しほほえんだ。僕は彼女のほてったおでこに、割れた唇を押し当てた。

マーヤは僕をレストランの厨房に連れていくと、まだクスクスと笑っていた。白い大理石の調理台は、申し分なくきれいだった。彼女は熱っぽい頬を一つ一つすり寄せた。

見つけられたことに動揺していた。僕の手は震えていた。彼女はただすわっていれば良い。彼女は何もしなくていい。僕にまかせてくれ。

私は彼がフォークで卵を割る後ろ姿を見ている。赤い肩、紫に腫《は》れ上がったこめかみ。彼の緊張している様子は、私を笑顔にする。おなかがすいた。

彼はチコリを切り、マヨネーズであえている。口はトマト、鼻は皮つきのじゃがいもだ。フライパンの卵が彼を見ている。卵は泣いていない。もう少しでできる。

私は食べる。彼は私の動作を目で追いかける。私が食べ終わるまで。

「おいしい」と私は言う。カトラリーを皿に置く。

「うちの母に似てるよな」と彼は言う。

そんなことだろうと思ってた。

だからどうした。

だからどうした。

もしかしたら、まもなく外に出て、船、バス、木々で街が私たちを包みこむのを目の当たりにするかもしれない。息づかいと声と血で。昼と夜で。住民たちで、私で、私たち二人一緒に。

もしかしたら。

訳者あとがき

本書『ネムレ！*Slaap!*』は、二〇〇三年に出版されたアンネリース・ヴェルベーケ（Annelies Verbeke 1976-）の小説デビュー作である。本作で数々の文学賞を受賞し、鮮烈なデビューを飾った彼女は、フランダースにおける新進気鋭作家として一躍、注目を集めた。その後も、短編を中心にコンスタントに新作を発表、シナリオやコラムなどの執筆活動も精力的に行い、今や隣国オランダを含むオランダ語圏の人気作家の一人に数えられる。彼女が小説家として名をはせるきっかけとなった本作品を是非日本に紹介したいと思い、今回翻訳させていただいた。

『ネムレ！』は救いのない不眠症に苦しむ二十代半ばの女性マーヤと五十代の男性ブノワ、二人の視点で人間関係や自己探求を軸に、ストーリーが展開する。本文では言及されていないが、ベルギーの北部、フランダース地域のほぼ中心に位置する都市ゲントと、そこから六十キロほど北西にある海岸の町、オステンドが物語の舞台となっている。オステンドの浜辺で母親とたわむれ宙を舞う幼いブノワの目に映る遊歩道やカジノ、ゲントのカフェでマーヤとブノワがコーヒーを飲みながら遊覧船をながめる様子など、フランダースに滞在したことがある人なら、いくつかのシーンでその情景を思い浮かべたことだろう。

本作品の魅力は、何と言ってもストーリーのテンポと独特のユーモアにある。奇想天外な展開ながらも無駄がなくスピーディーな描写は、読者をまどわせながらもストーリーにどんどん引きこんでいく。また、淡々とした語りの中には様々なことば遊びがつめこまれているため、平易な表現であってもひとクセあるテキストになっている。そのせいか、自分を少し遠くから見つめるマーヤと、自分しか見えてないブノワの歯がゆい関係ですらおもしろおかしく思えてしまうのが、この小説の醍醐味と言えよう。

フランダースやオランダの新聞各紙でも、ストーリーの構成や独創性が高く評価されている。また、フランダース新人賞の選評では、本作品は「独創的なテーマをあつかう現代的、スタイリッシュで強烈な都市小説」であり、グロテスクで超現実的な描写は「フランダースにおける典型的な自然主義の流れを超越している」と評している。

本文では、テキストのリズムをくずさないよう、注釈は最小限にとどめた。そのため、特にベルギーに詳しくない読者にはわかりにくい部分もあったかと思う。ここで、本作品で登場するベルギー文化や社会事情の中から、食文化、芸術、言語事情を簡単に紹介したい。

まず、ブノワが母親と校長先生に呼ばれて説教されるシーンで、「ムール貝が新鮮じゃなくてがっかり」と校長の気分の悪さが描写されている点に注目したい。日本ではあまり知られていないが、ムール貝はベルギーではポピュラーな食材である。スーパーに行くと、ムール貝がサイズ別にキロ単位でパックになってならんでいる。ワイン蒸しにして食べるのが一般的で、専門店もあれば専用の鍋も売られているほど、食卓のメインをかざる食材である。一人一キロ、付け合わせにフリットというのがお決まりの食べ方だ。本作品ではそんなムール貝、フリットのほか、蒸した芽キャベツ、カルボナード、フィレ・アメリカン、と典型的なベルギーの料理が登場している。

芸術に関して言えば、小説内では十九世紀の象徴主義の作品が登場している。医師を名乗る精神病棟の患者（自称ミュラー博士）がブノワに、「偉大な象徴主義者になれたのに。ありふれた男だな！」と言ったのに続けて「イエスに代わって十字架にかかる赤毛の女」、「子豚を散歩させるガーターベルト姿の強そうな女」とブノワの理想の女性像を言い放つシーンがある。この二人の女性は、それぞれ『聖アントワーヌの誘惑 La Tentation de saint Antoine』、『娼婦政治家 Pornocratès』と題されるフェリシアン・ロップス（Félicien Rops 1833-1898）の作品を指し示している。ベルギー南部、ワロニー地域にあるナミュール出身のロップスは、十九世紀末の象徴主義を代表する画家の一人で、移住先のパリで名だたる文学者たちと交流し、数多くの挿絵を残したことで知られる。創作活動を通して、エロティシズム、反宗教や社会風刺といったテーマを追求した。なお、先にあげた二作品は、二〇一七年に日本各地の美術館で開催された『ベルギー奇想の系譜』展で展示されていた。

最後に、本小説はオランダ語の作品ではあるが、原文ではオランダ語以外にフランス語、英語、イタリア語、ポルトガル語、ポーランド語など、様々な言語が使用されていることにもふれておきたい。フランダースはオランダ語圏だが、ワロニー地域の公用語であるフランス語や公用語以外の言語に日常的に接触する環境にあることが、本作品を読むとよくわかる。マーヤが求人応募の際、フランス語、英語、オランダ語と三言語の使用が可能だと証明するシーンは、ベルギーならではの言語事情をよく表している。また、オルハが看護師に向かって「流暢なフランス語」を話すシーンがあるが、これは、フランダースではかつて、フランス語を話すことが社会的地位の向上と分かちがたく結びついていたことを示唆する描写である。訳者自身、二言語併用圏であるブリュッセルでお世話になったフランダース出身のホストマザーから、幼い頃フランス語で話すよう母親から厳しくしつけられた、と言う話を何度も聞かされた（そのせいか、訳者がオランダ語を勉強すると言い出した際にはあきれられたのだが……）。本作品では、そんな日本ではあまりなじみのない言語文化もうかがい知ることができる。

以上、作品中の食文化、美術、言語事情の一端を紹介したが、この小説が「いかにもベルギー」な作品であることが、おわかりいただけただろうか。ぜひ、色んな「ベルギー」や「フランダース」を見つけながら、ストーリーを楽しんでいただきたい。

翻訳にあたっては、訳者の都合で着手までに時間がかかってしまったにもかかわらず、辛抱強く待っていてくださったベルナルド・カトリッセ館長はじめ、アーツフランダース・ジャパンのみなさまに深く御礼申し上げたい。筑波大学のルート・ヴァンバーレン氏には、疑問点や細かな表現のニュアンスについて、筑波のカフェでベルギー話も交えつつ相談に乗っていただいた。翻訳セミナー参加時からお世話になっている翻訳家のリュック・ヴァンホーテ氏からは、原文の独特な表現や解釈の難しいテキストについて、丁寧かつ詳細なコメントをいただいた。松籟社の木村浩之氏には、編集過程で細部にわたり心配りとアドバイスをいただいた。また、ベルギー研究を通してお世話になっている各分野の先生がたから学んだ知識が、翻訳の過程で非常に役に立った。私一人の力では到底出版までこぎつけることはできなかったことを申し添えつつ、ベルギーつながりでお世話になったみなさまに、心からの感謝を申し上げる。ありがとうございました。

二〇一八年九月

井内千紗

本書は公益財団法人アーツフランダース・ジャパン及びフランダース文学基金より助成を得て刊行されました。

［訳者］

井内千紗（いのうち・ちさ）

2012 年大阪大学大学院言語文化研究科博士後期課程単位取得退学。現在は国際短期大学他で英語関連科目の講義を担当する傍ら、ベルギー・オランダ語圏の言語文化や文化政策について研究している。

フランダースセンター（現アーツフランダース・ジャパン）のフランダース文学翻訳セミナー（2010 年／ 2011 年）に参加後、2013 年刊行の現代ベルギー小説アンソロジー『フランダースの声』（松籟社）ではアンネリース・ヴェルベーケの短編『グループでスキップ』の翻訳を担当した。その他、オランダ語脚本の翻訳なども手がけている。

フランダースの声

ネムレ！

2018 年 12 月 1 日　初版発行　　定価はカバーに表示しています

著　者　アンネリース・ヴェルベーケ
訳　者　井内　千紗
発行者　相坂　一

協　力　フランダース文学基金
アーツフランダース・ジャパン

発行所　松籟社（しょうらいしゃ）
〒 612-0801　京都市伏見区深草正覚町 1-34
電話　075-531-2878　振替　01040-3-13030
url　http://shoraisha.com/

印刷・製本　モリモト印刷株式会社
カバーデザイン　安藤紫野（こゆるぎデザイン）

Ⓒ 2018　ISBN978-4-87984-370-8　C0397